임 주 혜
에 세 이

생명으로
우리는 귀엽다

생명 존중과 동물권 그리고

존재하는 것에 대한 사유

생명으로 우리는 귀엽다

임 주 혜
에 세 이

●

임주혜가 그린 동물은 사람의 마음 같고, 한 사람의 마음이 커지거나 작아지는 동안 '사랑의 언어들'이 어깨를 짚어주고 간다. 임주혜는 들개가 될 수도 있었지만, 우리 개가 된 복실이의 삶처럼 사랑으로 변화된 세상을 따스하게 노래할 줄 안다. 마치 프란츠 마르크의 그림 같은 임주혜의 사유를 따라가다 보면 "계속해서 쓰는 사람"(「외로운 남들이여 이제는 안녕」)으로서 존재하는 것들을 더 사랑하게 될 것이라고 믿게 된다. 그의 글은 지금 여기에 뜨겁게 반응하는 글이자 충만한 존재로서의 동물에 대한 지극한 마음이다. 밀려오고, 물러나고, 뒤집히고, 다시 밀려 나오는 파도의 목소리를 지닌 듯 "그 누구도 빼앗을 수 없는 아름다움"(「과소비한 감각의 최후」)을 찾아, 드물게 말해지지 않는 세계 속에서 그는 고개를 돌린다. 나는 지구에서 가장 오래된 사랑의 언어로 약한 존재에 닿으려 하는 임주혜의 씩씩한 걸음을 사랑한다. 인간을 함부로 비판하지 않으면서 인간을 타이르러 온 귀여움에 반했다. 임주혜의 산문을 읽는 누구나 인간이 인간을 헤아리고 동물을 헤아리는 마음에 희망을 걸어보게 될 것이다. 어떤 길을 걷더라도 당신 옆에 나란히 서서 슬며시 보폭을 맞춰 걸어주는 이가 있다는 걸 알게 될 것이다. 그래서 우리가 귀엽다는 것도.

— 시인 이소연

생명으로 우리는 귀엽다

임주혜 작가의 말처럼, 보이지 않는 죽음은 보이지 않는 삶이다. 이제 우리는 함께 살던 동물의 죽음에 장례식장을 찾아야 한다고, 그게 부족하다고 말하는 사회에 살고 있다. 어떤 동물의 죽음을 보기 시작했다. 그러나 '불쌍한 존재'라도 될 수 있는 동물은 우리가 가까스로 인지하는 개나 고양이 몇 마리뿐이다. 작가는 그런 존재를 바라보는 우리의 시선을 '완성되어야 할 것'으로 다룬다. 완성에 대한 확신 없이. 최종 결론을 통해 해야 할 일을 결정한다는 것은 누구에게나 어려운 일이지만, 작가는 그 자리에 '머물며' 주위를 돌아보고, 이어지는 '과정'으로써 동물 사랑을 실천할 수 있다고 말한다. 동물을 천천히 고민하려는 사람들이 위안 받을 수 있는 책이다. 아득한 고민이라도 괜찮다.

- 사단법인 곰보금자리프로젝트 대표 최태규

•

　최근 읽은 책에는 이런 문장이 있었습니다.

　"식물은 동물을 위해 존재하고, 다른 동물은 인간을 위해 존재한다. 그중 길들인 동물은 노력(노동력)과 식량을 제공하기 위해, 그리고 전부는 아니더라도 대부분의 야생동물은 식량 외에도 옷과 여러 가지 도구를 제공하기 위해 존재한다. 자연은 어떤 것도 불완전하거나 쓸데없이 만들지 않는다면, 자연이 이 모든 것을 만든 것은 인간을 위해서라고 추론하지 않을 수 없다."

　기원전 약 300년, 신 중심의 사고에서 이제 막 인간 중심의 사고로 넘어가던 시기에 아리스토텔레스가 〈정치학〉에서 남긴 글입니다. 이 글을 읽을 때도 작가님의 문장들이 자꾸 떠오르더군요. 자연과 함께하는 존재 vs 인간을 위해 자연이 만든 존재.

　우리는 얼마나 오랜 기간 이렇게 오만한 생각을 하며 살아왔을까요? 비단 과거의 글이라 치부하기엔 지금도 많은 사람이 이렇게 생각할지도 모르겠습니다.

　고대 철학을 읽다 보면, 대략 2000년이 훨씬 지난 지금 우리의 모습과 생각이 그들과 크게 다르지 않다는 생각이 강하게 들거든요. 자연에 대한, 생명에 대한 생각도 마찬가지겠지요. 솔직히 말하자면 저

　생명으로 우리는 귀엽다

또한 제 자신의 문제를 생각하는 일에 훨씬 더 급급한 사람입니다. 작가님의 글을 읽는 동안에는 따뜻한 시선과 동시에 답답한 마음도 많이 느껴졌어요. 그 답답함을 불러일으키는 존재 중 하나가 바로 저인 것만 같아 부끄럽기도 했답니다.

'그래, 2000년이 넘는 시간 동안 변하지 않았던 인식이 이제 와서 변할 리가 있겠어?'라고 누군가는 말할지 모릅니다. 그래도 누군가 우리가 같은 생각, 같은 자리에 머무르지 않도록 도와주기도 합니다. 변화를 만들어내는 사람들. 저는 작가님이 그런 분이라는 생각이 들었습니다.

책을 읽고 저에게도 분명 작은 변화가 생겼으니까요. 이런 작은 변화의 희망이 많은 사람에게 닿아 우리 사회가 한 걸음 더 나아갈 수 있기를 소원합니다.

– 서점 일글책 대표 김유진

•

　작가의 삶의 곳곳에서 발견한 나와 다른 존재들과 우리 사회의 연결성에 대한 통찰을 따라 가다 보면, 어느새 조금 더 다정한 눈으로 세계를 바라보는 나를 발견하게 된다.

– 지속 가능한 삶을 위한 문화예술공간
더 커먼 (THE COMMON) 대표 강경민

CONTENTS

🐾🐾 🐾 **생명으로**

15   보이지 않는 삶

21   파이팅 금지

26   생명의 확장성

32   포기하고 파멸하기

38   명절 전야

45   인간은 인간일 뿐이다

51   헤어지지 않을 결심

57   편파 판정

63   나를 닮은 생명

🐾🐾 🐾 **우리는**

71   사랑하기 때문에

77   옆자리에서 움직이는 것

82   위기의 헤아림

88   쉬운 동물복지에 대하여

94   유해하다는 착각

100   외로운 날들이여 이제는 안녕

 **귀엽다**

106 들개와 우리 개

111 좋아요를 누르지 않는 개

116 고양이를 따라가기

123 마주하는 이야기

129 거의 모든 것의 마음

134 제 선택은요

139 승부에 대하여

143 돌고 돌아 다시 돌아가기

151 작가의 말

158 참고도서

부록

160 제6회 서울동물영화제 리뷰

단 한 번도 희망이란 단어를 떠올리거나
그 힘을 만나지 못했던 생명에게

옳은 일보다 옳은 일이었으면 하는 것에
마음을 쏟는 사람들에게

홀로 남겨졌다고 여기고 있는
모든 삶에게

1

생명으로

보이지 않는 삶

나의 이야기는 언제나 죽음을 기점으로 시작했다. 누군가의 죽음은 나의 생을 돌아보게 했기에 그 죽음을 생각한다는 것은 곧 나의 생을 생각하는 것과 다름없었다. 누구에게나 찾아오는 죽음에 대하여 생각한다. 다만 누군가는 긴급하게, 누군가는 저 먼 곳으로부터, 또 누군가는 갈급하지만 끝내 다다르지 않는 것으로 찾아오는 죽음에 대하여 생각한다. 죽음을 아직 마주하지 않은 사람으로 사는 내가 과연 죽음을 완성된 문장으로 써 내려갈 수 있을까, 이런 의문을 가진 적이 있다. 생각 끝에 그것은 불가능한 일이라고 결론지었다. 그러나 내가 죽음에 대해 생각한다는 것은, 내가 오늘날 죽어 있어서가 아니라 살아있기에 가능한 일이다. 살아있는 나로 죽음을 생각하는 오늘이다. 그렇게 죽음에 대한 생각으로 채운 하루는 죽은 것인가 산 것인가. 나에게 주어진 삶의 연속성 가운데 죽음과 삶, 삶과 죽음은 언제나 그렇게 앞서거니 뒤서거니 하며 서 있다. 죽음에 대해 생각하는 그 시작이 생을 마주하는 현실이며 나의 이야기가 비로소 시작하는 지점이다. 그렇다면 나의 글은 죽음에 대하여 써야 하는가. 아니

생명으로 우리는 귀엽다

면 살아있음에 대하여 써야 하는가. 그 생각의 끝에 나는 서 있다. 그리고 나는 마지막 문장을 이렇게 적는다. '살아있는 이들을 위해 죽음에 대해 써야겠다.'

동물보다 사람이 너무 많은 이 세상의 모습을 있는 그대로 그리면 먹이 피라미드의 변형된 형태가 된다. 처음 지구의 모습과 다르게 인간의 숫자는 끝없이 늘어났고, 인간은 인간보다 더 많은 동물이 존재하는 것이 안전하고 풍족하다고 생각했기에 인위적인 방법을 택했다. 피라미드의 형태를 유지하기 위해 인위적으로 동물의 수를 늘리기 시작했다. 먼저 인간이 생각해 낸 가장 쉬운 방법은 동물이 자연 환경에서 살지 못하게 하는 것이었다. 인간이 만든 환경에서 인간의 지배를 받아 인간의 계산으로 그들의 생태계를 유지하도록 했다. 그 결과를 위한 과정은 동물의 생을 고려하지 않는 형태로 조금씩 더 발전하고 지금도 계속해서 발전하고 있다. 동물이 사는데 필요한 요소들이 상실된 환경은 인간에게 익숙해져 갔고, 그 익숙함은 우리의 정서를 넘어 존재의식으로까지 확장했다. 동물들은 지금도 그저 죽음을 향해 달려가는 생으로 살아간다. 동물들에게 생을 위한 생은 그 어디에도 없다. 그렇다 보니 언젠가부터 이들에게서 '나이 듦'의 모습이 보이지 않는다. 동물에게는 늙어간다는 현실이 없었기 때문이다. 동물이 가장 건강하고 활동성이 좋은 때에 인간은 그들에게 역할을 부여한다. 바로 죽음이다.

동물들의 이러한 생에 대한 감각에 인간이 예민해지기란 쉽지 않은 일이다. 앞서 말했듯이 인간은 이미 이러한 환경과 시스템에 익숙해져 있기 때문이다. '변형된 피라미드를 수정한 피라미드' 속에 갇혀 있는 인간. 인간이 만든 오랜 파괴의 역사로 지금은 오히려 인간이 위험을 감지한다. 위태로운 순간이 곧 우리 앞에 놓여 있다. 피라미드가 온전치 않다.

우리 집 앞에는 식육식당이 하나 있다. 식육식당 앞에는 소와 돼지의 모양을 그려놓은 입간판이 서 있다. 소와 돼지의 모양을 그려놓고 그들의 몸을 부위별로 나누었다. 고기 부위의 이름이 쓰여 있다. 그 옆에는 소와 돼지의 얼굴로 만든 캐릭터가 그려져 있는데 소와 돼지는 귀여운 표정으로 웃고 있다. 캐릭터들이 '나는 죽음이 좋아요'라고 말하고 있는 것인지. '나는 아주 맛있는 상태로 죽었어요'라고 말하는 것인지, 나는 도무지 알 수가 없다. 나는 이 글에서 식육식당에 앉아 소와 돼지를 먹는 사람들에 대해 비난하거나 채식을 권유하고자 하는 바가 아니라는 점을 밝혀두고 싶다. 나는 철저히 인간 위주로 생각한 생태계의 질서에 대하여 우리가 다시 한번 진지하게 고민하고 논의해야 하지 않을까 하는 점을 이야기하고 싶은 것이다. 식육식당의 주인아주머니는 우리 집 반려견 고동이가 산책을 나설 때마다 반갑게 인사해 주신다. 가게 앞에서 국화빵을 파는 젊은이에게도 기꺼이 주차 공간을 제공해 주시는 다정한 분이다. 아주머니의 생에 소와 돼지는 새로운 삶의 시작을 도와주는 중요한 존재들이었다. 그 식당을 열면서 아주머니는 매일 아침 그 식당을 열면서 오늘 하루도 장사가 잘 되기를 바라고 노후는 자식들에게 손을 벌리지 않기를 꿈꾼다. 가게 앞에는 소와 돼지의 얼굴을 한 캐릭터가 웃고 있지만 그것은 아마도 소와 돼지가 아닌 아주머니의 미소일지도 모른다. 아

생명으로 우리는 귀엽다

주머니는 소와 돼지의 죽음을 알지 못한다. 그저 고깃덩어리들이 식육식당으로 들어올 뿐이고, 그 덩어리들을 손님들에게 내어 줄 뿐이고, 장사가 잘된 날이면 아주머니는 편한 내일이 그려질 뿐이다. 인간의 삶이기 때문에 인간의 생이 더 가까이에, 더 자세히 보이는 것은 당연하다. 그러나 나는 어느 죽음이 보인다. 그래서 불편하다.

나는 식육식당 아주머니에게 그 어떤 비난을 할 생각이 없다. '한 인간의 생이 온전하기를 바라는 마음'은 내가 가장 중요하다고 생각하는 마음 중 하나인데, 그러나 그전에 이 비뚤어진 먹이 피라미드가 우리를 위협하고 있다는 의식이 우리들의 공동체에 더 많이 퍼져야 한다고 생각한다. 그 피라미드를 바로잡기 위해서 우리는 공장식 축산의 실태를 바르게 알고 이로 인한 문제점을 파악하고 그동안 불필요하게 죽음으로 내몰렸던 동물들의 생에 대해 생각해야 한다고 확신한다. 축산 환경의 악화로 동물들의 생이 위협당하면 온전한 삶을 유지하고자 했던 한 식당의 아주머니가 하루아침에 주저앉는 일은 너무도 자명한 일이기 때문이다. 우리는 구제역과 AI 등 다양한 전염병의 형태가 동물들이 살아가는 환경 때문에 더 큰 위기의 결과를 초래한다는 사실을 이미 알고 있다. 동물들이 살아가는 환경을 개선하고 바꿔야 하는 것이 우리 모두를 위한 일임에도 불구하고 이를 해내지 못하는 것은 수요와 공급의 시장 경제에서 수요의 영역, 즉 인간이 고기를 먹고자 하는 욕망을 동물들의 숫자, 즉 공급의 영역이 따라가지 못하고 있기 때문이다. 욕망을 지배할 수 없거나 또는 '고기'라는 카테고리로 또 인간 사회에 계층이 만들어지기를 우려하는 목소리 때문에 우리는 그동안 '공장식 축산'의 형태를 암묵적으로 동의해 왔고 당연시해 왔다. 그러나 이는 인간의 욕망에만 충실한 시스템에 불과할 뿐이며 동물의 삶과 죽음으로 가는 모든 영역에서의 고려는 단 한 순간도 없었다.

그렇다면 우리의 감수성이 동물의 생으로 조금 더 기울 수 있다면 무엇이 달라지겠는가. 먼저 동물의 생을 고려하기 이전에 인간의 생에 대해 우리가 조금 더 진지하게 논의하는 과정이 활발해지리라 생각한다. 먹는다는 것, 함께 식사를 하며 대화를 나눈다는 것, 나아가 살아간다는 것에 대하여 비로소 진지하게 이야기하고, 나 자신과 타인의 생에 대하여 인정과 존중을 나눌 수 있을 거라 생각한다. 나는 나 자신의 삶 외에 다른 사람의 삶이나 또는 다른 존재들의 삶을 고려하거나 헤아리는 마음이 부족한 사람이다. 누군가의 삶의 한 단면을 바라보고 그 사람의 모든 것을 안다고 평가하는 일은 불가능하다고 생각하는 편인데, 그 생각이 나의 정서에도 큰 영향을 끼치고 있는 것 같다. 그래서 나는 누군가를 오해하는 일도 별로 없다. 때로 상대방의 뒷모습을 생각하기는 하지만 그 뒷모습이 그 사람의 모든 모습은 아니라고 생각하기 때문이다. 반대로 누군가가 나를 바라보는 모습도 그랬으면 하고 바라기도 한다. 때로는 나의 어떤 날의 컨디션이 내 모습의 전부는 아니라고 말이다. 어쩌면 인간이 동물에 대해 생각하는 모든 관념과 사고들이 인간이 태어나 동물의 생에 대하여 단면들만 바라보기에 생기는 결과가 아닐까. 그야말로 살아있는 동물들의 모습이 아닌, 죽은 채 덩어리가 되어 있는 동물들만을 바라보며 살아온 우리였기에, 동물이 오직 '먹을 것'이란 형태로 전시되어 있어도 별다른 문제의식이 없었던 것이 아니었을까. 그러나 그것

생명으로 우리는 귀엽다

은 무지다.

농장이라 불리는 공장의 수많은 동물들은 오늘도 자신의 생을 견디며 살아간다. 우리가 우리의 생을 말할 때 '버티는 거지 뭐'라고 한탄하며 보내는 삶과는 전혀 다른 생의 모습이다. 그들은 오직 죽음을 향해 살을 찌운다. 인간의 삶은 버티고 견디기만 하면 되는 무료한 삶이 아니다. 인간의 존재보다 더 연약한 그들을 위하여 무엇이든할 수 있는 존재로 살아갈 힘이 우리에게는 있다. 죽어있는 생이 아닌 온전히 살아있는 생을 보겠다는 의지가 모이면 온전히 늙어가는 자연의 아름답고 위대한 섭리도 직접 눈으로 보게 될 것이다. 우리는 서로를 비난할 것이 아니라 서로에게 살아있는 생이 있다고 이야기를 해야 할 의무가 있다고 생각한다. 내가 수많은 죽음을 시작으로 생명에 대하여 이야기하고 싶은 바가 여기에 있다.

파이팅 금지

　선수가 입장한다. 관중들의 환호성이 들린다. 선수는 가슴으로부터 사랑하는 사람들의 이름을 외친다. 드디어 결승전 앞에 섰다. 모든 경기에서 최선을 다했지만 이번만큼은 더 간절하다. 목숨을 다하겠다고 다짐한다. 아니, 다시 한번 생각한다. 그저 즐기자. 그러다가 멈칫한다. 어디선가 '파이팅'하는 소리가 들린다. 즐겨서는 안 되겠다. 파이팅. 싸우러 가는 마당에 즐기려고 하다니 말도 안 된다. 잠시 숨을 고르고 나와 상대에게 집중한다. 진짜 파이팅. 싸움은 그렇게 시작했다.

　올림픽이나 아시안게임과 같은 경기에 임하는 선수들의 마음가짐이라고 생각하기 쉽지만 사실 위의 경기는 우리의 이야기다. 세상을 대하는 우리들의 마음가짐, 세상 앞에서 살아남아야 하는 우리들의 처지가 바로 이렇다. 늘 싸워야만 하는 우리, 그래서 살아남아야만 하는 우리는 어느 순간 버릇처럼 파이팅을 외쳤다. 내가 파이팅에 익숙해졌던 건 고등학교 때였던 것 같다. 거의 한 달에 한 번 모의고

21

사를 보는 날이면 아침에 등교를 하자마자 친구들과 파이팅을 외쳤다. 모의고사가 끝나고 가채점을 하며 서로의 생사를 확인하면서, 그리고 채점에 들어가기 전 우리는 파이팅이라 말하곤 했다. 싸우러 나가자는 외침이었다. 우리 반 친구들과 나는 경쟁자인 동시에 함께 전장으로 나가는 동반자였고 우리는 파이팅을 외치면서 서로에게, 그리고 스스로에게 용기를 주곤 했다. 힘찬 파이팅과 다르게 결과는 참혹하기도 했고, 때로는 기쁨을 주기도 했지만 어차피 또 다른 전쟁은 늘 우리 앞에 있었기에 오늘의 결과로 일희일비할 시간도 없었다. 수능만 끝난다면 세상에 있는 파이팅이 사라질 줄 알았다. 그러나 이 세상에서 외치는 파이팅들은 더욱더 치열했고 때론 처참하기까지 했다.

우리는 파이팅을 습관화했다. 언제부터 시작됐는지 알 수 없는 파이팅의 여정에서 벗어날 생각조차 하지 못한 채 우리는 파이팅을 외친다. 만남의 순간도 헤어짐의 순간도 우리는 언제나 나 자신과 타인이 서 있는 세상 그 어디에서 전쟁과 같은 상황을 반복한다. 그래서일까. 오늘날 실제로 벌어지고 있는 전쟁의 참혹함이 언제부터인가 무덤덤하게 느껴지기 시작했다. 내가 언제부터 이렇게 싸움에 익숙한 사람이었던가. 나의 냉혈한 마음을 따뜻하게 덮어 줄 언어들은 과연 어디에 있을까. 그러던 어느 날 단 한 번도 말하지 않았지만 늘 전쟁을 견디며 살아온 존재들이 눈에 들어오기 시작했다. 그들은 자신의 삶이 전쟁 속에 있음을 알지 못한 채 살아가는 존재들이었다. 주어진 세상 외에 더 넓은 세상이 있다는 것을 단 한 번도 꿈꿔보지 않은 삶이었고, 그런 삶은 아주 가까이에 있으면서도 꽤 멀리에 놓여 있는 것처럼 느끼며 살아왔다는 것을 알게 됐다. 나는 애써 그들의 눈빛을 주목하기 시작했다. <동물에게 다정한 법>에서는 생각하고 슬퍼할 줄 아는 존재들에 대해 언급하고 있다. 내용은 아래와 같다.

……… 🐾 고래는 인간에 버금가는 언어 학습 능력과 표현 능력을 갖고 있습니다. 미국 해양 생물학자 루이 허먼에 따르면 큰 돌고래는 '사람을 서핑보드로 데려가라'와 '사람에게 서핑보드를 가져다줘라'를 구별해 이해했고, 그에 맞게 행동을 했습니다.

이런 언어 학습 능력뿐 아니라 고래는 슬픔 등의 구체적인 감정을 느끼는 동물로도 널리 알려져 있습니다. 2020년 6월, 제주 연안에서 어미 남방 큰 돌고래가 죽은 새끼를 업고 2주일 넘게 유영하는 모습이 관찰되었지요. 가까운 관계의 돌고래가 죽은 후 애도하는 이런 특이한 행위는 과거부터 종종 포착되어 왔습니다.

고래는 지능이 매우 높아 자기 인식이 가능하고 감정도 풍부합니다. 평균 지능지수가 80에 달합니다. 이른바 자의식이 있는지 여부를 확인하는 거울실험을 통과했을 뿐 아니라 모성애, 우울증, 집단 따돌림, 집단 환각 등 보통 반응이나 본능이라 일컫는 단순 감정 이상의 복잡한 감정 체계를 가지고 있음이 입증되었습니다.

위의 문장을 읽어보면 수족관 돌고래들의 죽음을 바라보는 관점을 인간이 아닌 돌고래에게서 찾았다는 것을 알 수 있다. 수족관 안에 살고 있는 동물의 입장, 공장식 축산의 현장에서 생명으로 살아내고 있는 동물들의 입장에서 그들의 지능과 사고, 실제적인 반응을 기준으로 그들의 삶과 죽음에 대해 생각해 본 것이다. 관점을 바꾸니 인간의 의도가 존재로 가치 있는 생명들의 삶을 속단하고 있다는 사실을 금방 알아차릴 수 있다. 그들은 파이팅이라는 단어를 외치지 않았어도 온몸으로 삶과 싸워야 했다. 그 싸움을 멈출 수 있는 방법은 오직 죽음뿐이었다. 태어남과 동시에 짊어지는 것이 삶이라는 무게라면, 우리가 견디고 있는 모든 것이 삶이라면 그들에게 삶은 무게, 또는 견디기가 가능한 그 어느 지점. 과연 어느 곳에 머물러 있었을까. 같은 곳을 맴돌며, 같은 공간 안에 살면서 온몸이 본능적으로 느끼고 있었던 자유로움과 자연의 섭리 가운데 태어난 자신의 알 수 없는 욕망을 어떻게 견디며 살아왔을까. 겨우 인간의 세상밖에 살지 못하는 인간은 그들을 이해하기에 지혜가 너무도 짧기만 하다. 그들의 입장에서 생각한다는 것은 대단한 복지 체계를 갖추고 편리한 시스템을 구축하는 과정으로 가는 출발이 아니라고 단언하고 싶다. 그것은 있는 그대로의, 본연의 것으로 돌아가기 위한 출발일 뿐이다. 그들의 파이팅은 싸움에서 이기기 위한 파이팅이 아니라 싸우지 않았던 상태, 태어남과 함께 주어진 본연의 존재로 돌아가기 위한 파이팅인 것이다.

파이팅을 검색해 보면 '대한민국에서 힘내라라는 뜻'이라고 나무위키는 말한다. 전 세계 어디를 가도 싸우자는 이 말을 일상의 언어로 쓰는 나라는 없다. 전쟁과 기근, 싸움과 갈등에 익숙한 나라, 그래서 오늘날의 사회에서도 스스로에게 때론 서로에게 싸워서 이기자, 또는 졌지만 잘 싸웠다.라는 말들로 서로를 위로하는 나라에 살고 있는 우리는 우리가 만들어 놓은 틀과 제도 아래에서 싸우기를 두려워하지 않고, 혹여 두렵더라도 견디며 이겨낼 힘이 있다. 연약해 본 존재들은 위기에 놓인 연약한 존재들에 대하여 더 빨리, 더 깊이 생각해 볼 수 있는 의지가 있다. 나는 그것이 내가 살고 있는 이 공동체이기에 나의 방구석 소망이 이루어질 수도 있을 거라는 기대를 갖고 있다. 오늘도 숨죽여 자신이 머물고 있는 현실에서 자유로이 자신의 본능을 펼치지 못하고 사는 이들을 향해 우리는 파이팅이 아닌 그들의 삶의 터전을 온전한 것으로 되돌려줘야 한다고 믿는다. 우리의 파이팅을 뒤로하고 싶다. 지금도 생명이 본연의 모습으로 살아가야 할 곳에서 삶과의 사투가 아닌 온전한 생으로 살아가는 생명의 터전이 더욱더 많아지기를 바라면서.

생명의 확장성

> 이렇게 마음이 항상성을 지배하는 정도가 높아진 상황에서 각각 중요한 역할을 하게 된 것이 바로 느낌과 창의적 추론이다. 또한 이런 전개는 생명의 목적을 확장했다. 단순한 생명 유지에서 생명체가 지능을 이용해 스스로 무언가를 만들어낸 경험에서 얻은 풍성한 행복감을 동반한 생존으로 생명의 목적이 확장된 것이다.
>
> [느끼고 아는 존재] 안토니오 다마지오

생명이 진화를 거듭했다는 이론은 익히 들어 알고 있는 내용이다. 학창 시절에 배웠던 과학 때문에 인간이 기어다녔다가 다시 일어서는 모습이 진화의 전부라고 여겼고 그렇게 정착한 나의 관념이 확장하기까지는 꽤 오랜 시간이 걸렸다. 위의 글에서 안토니오 다마지오는 '의식에 대한 진화'를 다룬다. 의식의 진화는 생명의 목적으로 확장하며 생명이 존재하는 이유로 결론을 맺는다. 우리가 의식하고 그 의식을 통해 도출한 마음은 개인과 공동체에서 생존을 위한 다양한 방법을 제시하는 원인으로 작동한다. 책은 한 생명이 객관적으로 살아있음을 어떻게 정의할 수 있는가를 생각하게 한다. '태초에 말씀이 없었다'라고 단호히 말했던 다마지오의 견해는 인간의 의식의 기원, 그리고 그 의식이 현재 머물고 있는 상태를 파악했을 때 끊임없이 움직이는 생명의 연속성을 두고 단 하나의 결과, 즉 단 한마디로 온 세계가 태어났다고 정의하는 종교의 논리가 대체적으로 터무니없는 논리가 아닌가, 하는 결론에서 나온 문장이었다. 여기서 잠깐 논리가 아닌 믿음의 영역으로 확장하자면 '태초에 말씀이 없었다'는 인간의 논리를 따라갈 것인가, 아니면 '태초에 말씀이 있었다'는 인간의 믿음을 따라갈 것인가를 결정하는 것은 개개인의 영역으로 남겨두고 싶다. 다만 태초에 출발 선상의 모든 움직임은 영원히 밝힐 수 없는 인류의 숙제이므로, 우리가 서로를 비난하지 않고 다양한 의견들을 존중하는 방향으로 나아가야 한다는 것이 나의 결론이다.

그러나 이 글에서 내가 안토니오의 글을 언급하는 이유는 단순히 의식의 진화 과정에 대한 논리를 믿고 있다는 뜻이 아니다. 이 글의 내용을 차분히 파악하며 읽어나갈 때, 생명으로 존재하는 모든 것들에 대한 우리들의 의식을 새롭게 할 수 있겠다는 생각이 들었기 때문이다. 우리의 삶을 영위하는 모든 공간은 다양한 모습의 공동체와 조직을 이루어 만들어졌다. 예를 들어 두 사람이 방 안에 함께 있다고 하자. 이 방은 두 개의 시선이 존재한다. 내가 바라보는 너와 네 주변에 있는 방의 모습, 그리고 네가 바라보는 나와 내 주변에 있는 방

생명으로 우리는 귀엽다

의 모습이 그럴 것이다. 이 두 가지의 시선은 각기 다른 의식을 만들어 낸다. 그 의식의 모든 과정 속에서 마음이란 것이 도출되고 이 방안에서 펼쳐질 대화와 모든 행동의 속성들이 우리를 살아있다고 생각하게 한다. 앞서 안토니오가 말했던 생명의 목적은 처음엔 단순히 '생명을 유지' 하는 것에 있다고 했다. 마음이 진화하기 전까지 생명으로의 확장성은 그저 죽는 것을 기다리는 일뿐이었다. 그러나 마음은 가만히 있지 않았다. 안토니오에 따르면 마음은 진화했고 그 마음으로 행복을 느끼며 살아가야 할 목적을 새롭게 생산했다. 이로써 생명의 목적은 행복을 위해 살아가야 할 다양한 경험과 그로 인한 공동체의 역할, 개개인의 활동 등에 있다고 보았다. 방 안에 있는 두 사람은 서로가 죽을 때까지 가만히 있어야만 하는 것이 아니라, 서로 보고 느끼고 생각하는 과정을 통해 풍성한 행복감을 찾아야 하며, 그 과정 자체가 생명이 유지되어야 하는 목적인 되는 것이다.

그렇다면 만약 태초에 말씀이 있었다면 어땠을까. 안토니오의 논리를 잠깐 뒤로하고 창조론의 원리가 생명의 목적을 어떻게 표현하고 있는가를 살펴봤으면 한다. 신은 인간이 살아가기에 최적의 환경을 만들기 위해 6일을 일하고 안식일을 지켰다. 그리고 신은 인간에게 지상명령을 내렸다. '생육하고 번성하며' '정복하고 다스리라는 것'이었다. (창세기 1장 28절) 이 모든 명령을 내리기 전에 신은 인간에게 복을 줬다. 신과 비슷한 모습의 인간 (성경에서 인간은 신의 형상을 따라 만든 모습으로 나타나고 있다.) 을 위해 신이 만든 에덴동산은 인간에게 '할 일'을 제공해 준 노동의 터전이었고 놀이의 터전이었다. 인간은 살아갈 모든 공간을 누릴 수 있게 됐고, 신과의 소통을 통해 행복을 채웠다. 그렇게 영원히 살 수도 있었던 세상이 죄로 인해 무너졌고, 그 무너진 세상은 창조된 세상의 모습이 어그러진 것이 아니라, 신과의 소통이 단절 된 사실 그 자체였다. 인간은 그 이후 영원히 행복을 찾아 방황하는 존재로, 그러나 때로는 살아가며 크고 작은 신의 뜻을 발견하며 신과의 소통을 다양한 방법으로 유지하며 생명의 목적을 찾았다. 이쯤이면 인류와 이 지구의 시작이 빅뱅이거나 또는 말씀이거나 하는 문제는 싸워야 할 것이 아니라 '생명의 목적'의 방향성에 대해 과학적 논증 또는 믿음으로 각자가 선택해 살아가야 할 문제일 것이다. 지금 중요한 것은 우리는 오늘날 삶의 방향성과 목적을 어디에 두고 있느냐 하는 것이다. 그저 살고 있기에 사는 삶인가. 아니면 그 어떤 것과도 견줄 수 없는 존재하는 나로 살고 있는가.

공동체가 되어 소통하는 집단, 자아를 인식하는 개인. 이렇게 다양한 모습으로 변형하며 사회적인 존재로 살아가는 모든 인간은 소속감과 연대, 그리고 '존재하는 나'를 고민하며 살아간다. 특히 우리 사회는 이 욕망이 아주 강하다. 예를 들어 결혼을 하고 아이를 낳아 주부로 살아가는 삶. 그 자체는 그 누구와도 견줄 수 없고 고귀한 삶이다. 주부로서의 삶 외에 또 다른 일들을 하지 않으면 마치 도태된 것 같은 느낌이 든다는 친구들의 말을 들을 때마다 나는 어떻게 하면 우리의 존재가 꽉 채워짐으로 살아갈 수 있을까를 생각한다. 나 역시 내 글을 쓴 뒤에 지인들에게 말한다. '심심하면 읽어봐, 너에게 쓸모 있는 글이었으면 좋겠네' 라고 말이다. 그런데 말을 하고도 이상하다. 쓸모 있는 것을 어떻게 심심할 때 읽을 수 있을까. 필요로 하는 것들을 찾아 헤매는 순간이라면 심심해서가 아니라 바쁜 순간에도 찾게 되어야 하는데 말이다. 글을 쓰는 나로 존재하고 있으면서도 나는 언제나 내가 어떤 모습으로든 존재하기를 욕망했던 것이다. 그렇게 될 수 있는 것은 내가 생명이기 때문이다. 우리가 살아가는 이유는 단순한 생명 유지가 아닌 다양한 행복감을 느끼기 위해서다. 그 행복감을 위해 목적을 세우기도 하고 꿈을 갖기도 하는데 신기한 것은 그 과정에서 살아있음을 느낀다는 사실이다. 생명의 목적이 발현되는 순간을 만난다. 신과의 대화가 가장 큰 행복이었던 에덴동산에서도 신이 만들어 놓은 세상이 온전하게 움직일 때 인간은 행복감을 느꼈다. 그것이 신이 만든 질서였기 때문이다. 그 질서가 곧 생명의 목적이었다.

언젠가 사랑이나 행복 기쁨. 이런 말들이 꽤 불편하게 느껴졌던 적이 있었다. 행복을 어떻게 '행복'이라고 딱 두 글자로 쓸 수 있을까. 더 이상 방법이 없는 것인가 하는 아쉬움 때문이었다. 뇌과학자들이 더 멋진 논리와 이론으로 마음에 대해 많은 단어들로 설명해 놓는다고 해도 오늘날 나의 마음에 대해 완벽히 써 내려갈 수는 없을 것이다. 한 개인이 겪는 오늘날의 마음은 켜켜이 쌓인 세월이란 두께로 완성된 것이기 때문이다. 생명으로 존재하는 것들은 느낌이 있다. 인간과 함께하는 동물도 인간의 깊이만큼은 아니지만 인간의 마음과 유사한 느낌이 있으며 때로는 우리가 지금 말하고 있는 마음과 같은 마음도 있다. 인간이 언어가 없는 동물과 소통할 수 있는 것은 이 '마음' 때문이다. 비극은 인간이 이 마음 읽기를 멈출 때 시작한다. 마음을 충분히 읽는 과정을 통해 행복을 느끼고 이 행복 자체가 생명의 목적을 달성하게 하는 것임에도 마음을 방임한다. 방임하는 마음들은 공동체를 냉소적으로 만들며 같은 종족이 아닌 생명에게서 (이를테면 인간이 아닌 동물에 대해) 그들이 온전히 살아갈 수 있는 환경을 빼앗는다. 심지어 인간의 역사는 같은 인간끼리도 생명으로 살아가는 것을 허용하지 않기도 했다. 수많은 전쟁이 바로 그 반증이 아닌가.

동물을 이해한다는 것은 무엇일까. 오늘날 생의 목적에 대해 간과하거나 자주 잊고 살아가는 인간의 공동체에게 묻고 싶다. 우리가 살아가는 목적은 무엇인가. 그 목적의 기원은 어디에서 왔는가. 당신은 진화를 믿는가, 창조를 믿는가. 그 어떤 논리와 합리화로도 우리가 동물이 살아가야 할 환경을 박탈할 수 있는 자격은 어디에도 없다. 생명이라 불리는 모든 것들은 그들의 가치가 이 지구에서 생명으로 온전히 그 가치를 발휘하며 살아가야 한다. 마음을 통해 행복을 목적에 두고 살아갈 수 있는 인간인 우리는 이제 본질적인 생명의 목적들을 위해 고민해야 한다. 앞으로 이 모든 목적을 거스른 우리 사회가 만든 인류만을 위했던 시스템에 대해 이야기하고자 한다.

포기하고 파멸하기

'사람은 추론의 동물이니까. 그러나 앞에 있는 존재를 일종의 자판기라고 여기는 사람은, 굳이 추론 같은 번거로운 사고 노동을 감수하지 않는다. 기계의 마음을 헤아리는 사람은 없다.'

이 문장은 구병모의 소설 〈있을 법한 모든 것〉에 있다. 소설은 점점 익숙해져만 가는, 인간이 없는 인간관계에 대한 단상을 그리고 있다. 그것이 언젠가 무지로 다다르는 길이거나, 노동과 젠더와 생명 등 우리 사회의 다채로운 갈등이 이제는 더 이상 하나의 결론으로 다다를 수 없다는 점을 시사한다. 이야기는 언제나 그렇듯 작가의 의도와 방향성을 따라 독자가 받아들일 때도 있지만 그렇지 않을지라도 그 또한 가능한 지점이기에 이번 구병모의 소설도 우리 시대를 살아가는 우리에게 또한 현재의 나에게 온당히 필요한 이야기였다. 〈생명으로 우리는 귀엽다〉를 쓰면서 동물권과 생명존중에 관한 인간의 이해도를 조금 더 다양한 스펙트럼으로 넓히고 싶은 마음이 나를 사로잡았다. 이 때문일까. 나는 '인간관계'를 설명하고자 했던 이 이야기가 동물과 사람의 관계, 즉 생명과 생명의 관계로 확장할 수 있었던 건 어쩌면 이 글을 쓰기 전에 결정된 일이었을지 모른다. 사실 그렇게 한다고 해도 무관하다고 생각했던 이유는 우리의 모든 관계는 서로를 대하고 비출 때 나의 생각의 범위 안에서 이해되는 폭으로 허용하는데, 만약 그 허용의 범위를 넓힐 수만 있다면 생각의 확장을 굳이 멈출 필요는 없다고 여겼다. 나는 인간과 인간관계에 관한 이야기들의 확장성이 언제나 생명에 다다를 수 있다고 생각하고 있다.

'사람은 추론의 동물이다' 이 이야기를 해보자. 몇 년 전부터 독서 모임에 참석하기 시작했다. 내가 함께하고 있는 독서 모임에서는 다양한 문학작품을 읽고 자신의 생각을 정리해 자유롭게 이야기를 나눈다. 많게는 스무 명 정도의 사람들이 함께 같은 작품을 읽는다. 그리고 작품을 해석하거나 자신의 방식대로 분석하고 정리해서 발표한다. 모임을 할 때마다 내가 놀라는 것은, 생각의 다양성이 끝도 없이 펼쳐진다는 것이 그 하나이고, 또 저마다 다른 생각과 논리가 앞서거니 뒤서거니 하지만 모임이 끝날 때 쯤에는 그 모든 생각을 존중하는 방향으로 정리가 된다는 사실이다. 우리는 그다음 시간에 함께 나눌 작품에 대한 기대를 가지고 헤어진다. 나의 삶과 언어로 설명할 수 없는 모든 것들이 문학을 통해 치유된다. 그리고 그 모든 과정은 결국엔 나를 위한, 우리를 위한 과정이다. 생각하기를 더디 하지 않는 마음이 우리를 끊임없이 움직이게 한다.

생명으로 우리는 귀엽다

추론은 인간이 가진 특권이다. 추론이란 단어를 생각의 힘에 싣는 순간 무엇이든 더 나은 것을 향해 뻗어나갈 수 있다. 이 특권을 가진 우리가 해야 할 일은 추론으로부터 얻는 생각의 힘에 따라서 올바른 방향으로 끊임없이 조율하고 탐구하며 의심하는 자세일 것이다. 내가 인간관계를 떠올릴 수 있는 글을 읽고 단절된 관계, 나아가 인간과 비인간의 존재의 소통을 고민하게 된 이유는 아마도 이 추론의 과정을 올바르게 통용하고 싶었던 마음일 것이다. 인간은 반드시 (그리고 나는 반드시) 각자의 역할로 (나는 쓰는 사람으로서) 할 수 있는 일과 해야 할 일들이 창조된다고 믿고 있다. 이루고 싶은 세상에 대해 가야 할 바를 명확히 알고 추론의 힘을 믿으며 올바른 방향으로 나아가기만 한다면 조금은 더딜지라도 꿈꿨던 세상에 당도할 것이라는 사실을 믿어 의심치 않는다. 이런 의미에서 우리의 추론은 인간과 인간의 관계, 그리고 인간과 비인간의 관계에 대하여 서로를 살리는 방향으로 공생이 실현되는 결론에 도달해야 할 것이다.

인간이 생명의 존재의식에 대한 추론을 멈추고 공생을 포기하게 된다면 파멸에 이른다. 최근 소들에게 전염되는 '럼피스킨병'이 확산되고 있다. 우리나라 축산 농가의 시스템은 한번 전염병이 돌기 시작하면 기하급수적으로 전염될 수밖에 없는 환경이 대부분이다. 빛과 다양한 땅의 환경을 밟고 다양한 맛의 경험해야만 자연적 면역력도 생길 수 있다. 그러나 우리 농가에서 자라는 소들은 대부분 태어나고 죽는 순간의 모든 환경이 일괄적이고 인위적으로 만들어졌기 때문에 이런 전염병에 더욱 취약하다. 물론 그렇게 전염병에 걸린 동물들은 제대로 된 치료를 받지도 못한 채 살처분되거나 방치되는 형태로 남는다. 그들에게 권리는 죽을 권리만 남아있기 때문이다. 인간이 비인간인 존재들의 삶의 과정을 빼앗은 현실에서 비인간인 존재인 동물들은 죽을 날들을 기다리는 일 외에는 할 수 있는 일이 없다. 이런 현실에서 이제 우리들의 추론은 이 현실을 벗어나기 위한 지점으로부터 출발해야 한다. 정말이지 동물들의 사육 시스템이 지금보다 더 나아질 수는 없는 건지, 자본과 수요에 따른 공급을 맞출 것이 아니라 생명 존중의 방향으로 나아가 농가와 동물들의 삶이 온전해지도록 새로운 시스템으로 혁신할 수 없는지를 고민해야 할 것이다.

'동물자유연대'에서는 최근 럼피스킨병에 걸린 소들의 실태를 발표했다. 아래 전라남도 여수의 한 농장에서의 사례를 직접 옮긴다.

.... 🐾 직접 현장에 방문해 맞닥뜨린 광경은 사진으로 본 것보다 훨씬 더 충격적이었습니다. 뼈와 가죽만 남은 소 40여 마리가 낡은 축사에 살고 있었습니다. 축사에는 오물이 쌓여 있었고, 먹이통은 텅 비어 있었습니다. 굶주린 소들은 바닥에 떨어진 지푸라기 몇 가닥을 열심히 주워 먹기도 하고, 텅 빈 먹이통을 부질없이 핥기도 했습니다. 동물자유연대가 방문해 현장을 둘러보고 있을 때 마침 농장주가 도착했습니다. 그가 시장에서 얻어온 듯한 시든 배추나 채소 줄기 따위를 소들에게 던져주자 굶주렸던 소들이 몰려와 열심히 풀을 씹기 시작했습니다. 그러나 그마저도 충분치 않아 소들의 짧은 식사 시간은 곧 끝나버렸습니다. 농장주에게 동물자유연대 활동가임을 밝히지 않고 소에 대해 묻자 그는 경제적 어려움 때문에 사료를 주지 못한다고 답했습니다. 그러나 경제적 어려움이 이 상황을 정당화

할 수는 없습니다. 게다가 현재 전국에는 소 바이러스 질병인 '럼피
스킨병'이 급속도로 확산되고 있습니다. 해당 질병은 소에게만 감
염되지만, 전파력이 높고 경제성을 저하시킨다는 이유로 1종 가축
전염병으로 지정되어 확진된 농가에서는 살처분이 이루어지고 있
습니다. 이런 와중에 소들이 아사 직전 수준까지 방치될 정도로 관
리가 이루어지지 않고 있는 것은 방역 차원에서도 문제입니다. 동물
자유연대가 여수시에 유선으로 확인한 결과 지자체도 해당 농장의
상황을 알고 있었지만 뾰족한 대책은 없다는 입장이었습니다.

소와 같은 농장 동물은 우리 사회에서 경제적 가치로만 환산되지
만, 어떤 동물도 이렇게 살아서는 안 됩니다. 숨 쉬고 살아있는 동안
은 습성에 따라 자연스러운 삶을 살 수 있어야 하며, 이는 우리나라
동물보호법 제3조 '동물보호의 기본원칙'으로도 규정하고 있습니
다. 하물며 생존에 필수인 먹고 마시는 행위는 모든 동물에게 보장
되어야 할 당연하고 기본적인 권리입니다.

— 동물자유연대(@kawa.hq)

경제적인 어려움이 정당화되기 위해서는 인간이란 더 이상 추론
할 수 없으며 생각의 방향을 제시할 수 없는 존재임을 입증하는 수밖
에 없다. 개인적으로 동물에게 가장 잔혹한 학대는 방임이라고 생각
하는데, 더 이상 그들의 존재에 대해 그 어떠한 생각도 하지 않겠다
는 적극적인 행위와 다름이 없기 때문이다. 인간에게 동물은 필요한
존재이기 이전에 함께 살아가야 하는 공생의 존재임을 잊지 말아야
한다. 공생이란 그들의 생에 대해 생각하고 생명권과 삶의 과정에 대

한 권리를 어떻게 확보해 줄 것인가를 고민하는 것에서부터 출발할 수 있다. 지금 우리의 생각은 어떤 지점에 와 있는가. 동물들의 삶에 대한 통찰이 멈춰있다면 인간의 그 어떤 사고도 앞으로 나아가서는 안 될 것이다. 함께하는 삶에 대한 생각의 포기는 결국 파멸이기 때문이다.

이 사례는 우리가 동물과의 공생에 대해 얼마나 소홀히 하고 있는지를 보여준다. 경제적 어려움이라는 이유로 소들을 방치하는 것은 동물 복지의 기본 원칙을 무시하는 행위이다. 이는 우리 사회가 동물들을 경제적 자원으로만 보는 시각에서 벗어나야 함을 시사한다. 동물들도 인간처럼 기본적인 권리를 가질 자격이 있다. 우리는 동물들의 생명권을 존중하고, 그들의 삶의 질을 개선해야 한다. 이러한 목표를 달성하기 위해서는 동물 보호법의 강화와 함께, 동물 복지에 대한 사회적 인식의 전환이 필요하다.

럼피스킨병과 같은 전염병의 확산은 동물 사육 환경의 문제를 더욱 부각시킨다. 열악한 환경에서 자란 동물들은 전염병에 취약하며, 이는 결국 경제적 손실로 이어진다. 따라서 동물 복지와 공생의 가치는 경제적 이익과도 직결된다. 동물 복지에 투자하는 것은 단기적으로 비용이 들 수 있지만, 장기적으로는 더 큰 이익을 가져올 것이다. 우리는 동물들의 권리를 보호하고, 그들과의 공생을 실현하기 위해 적극적으로 나서야 한다. 이를 위해서는 정부와 기업, 그리고 개인의 노력이 모두 필요하다. 동물들의 삶을 개선하는 것은 우리 모두의 책임이며, 이를 통해 더 나은 사회를 만들 수 있다.

명절 전야

하늘이 높아진다. 낮의 해가 조금은 짧아진 것도 같다. 계절이 바뀌고 있음이 분명하다. 여름의 방황은 저 멀리에 두고 나는 새로운 날들을 탐험하기로 했다. 그때는 언제나 가을이었다. 모든 것이 지는 이날에 나 홀로 새로움을 꿈꾸는 탓에 언제나 세상과의 불협화음이 존재한다. 한 때는 이 불협화음에 대한 불만으로 글을 썼다면 지금은 조금 더 조율하는 글을 쓰고 싶다. 나 역시도 지고 있는 날들을 보내고 있는 것이리라. 누구나 지고 있는 세월을 산다. 꽃이 피는 화려한 시기는 언젠가는 떠나간다. 누구든지 세월을 견디다 보면 어느 순간 어떻게 서서히 질 것인가를 고민하는 시기를 만난다. 나에게도 매년 가을은 그날이 곧 올 것임을 알려준다. 나는 가만히 있지를 못하겠다.

오늘은 명절 전야. 뉴스에서는 서울로 가는 지방 사람들의 이야기, 지방으로 가는 서울 사람들의 이야기를 전한다. 교통방송국에서 라디오 작가로 일했을 당시에는 명절이면 가장 바쁜 시기였다. 실시간으로 교통상황을 전하고 사람들이 고속도로에서 오가는 길에 지루하지 않도록 재미있는 이야기를 준비한다. 명절이 다가오기도 한참 전에 피디와 함께 명절을 위한 방송을 준비하는 과정은 힘들기도 했지만 보람찬 일이기도 했다. 특별방송, 특집방송이라는 타이틀로 꾸미는 두 시간의 프로그램은 쏟는 에너지에 비해 언제나 짧게 끝나는 것 같았다. 열심히 준비를 하고 점검을 한다고 해도 뭐 하나 삐걱거리는 일이 생기면 곧바로 좋지 않은 피드백이 따라왔고, 이렇게 몇 년을 반복하다 보니 명절이 다가오는 게 썩 즐거운 일은 아니었다. 그래도 즐겁게 방송을 마무리하고 피디와 엠씨 그리고 작가인 내가 한 마음으로 수고했다는 소회를 나누면 그것으로 또 만족했던 일상이었다. 평범한 방송작가로 살았던 나의 명절 전야는 언제나 조금은 긴장되지만 그렇다고 특별하게 여길 것 없이, 그렇게 그런 나를 위해 보낸 시간들이었다.

언젠가 방송을 준비하다가 재미있는 사연을 듣게 됐다. 실제 청취자분께서 보내주신 사연이다. 우리는 이 사연을 '장어트럭 사건'이라고 이름을 붙였고 종종 이야기 했다. 어촌이 고향인 어느 청취자가 명절을 보내고 집으로 돌아오는 길에 살아있는 장어를 트럭 뒤에 가득 싣고 고속도로를 달렸다. 문제는 장어와 함께 가는 길이었기 때문에 그 트럭은 제한 속도보다 훨씬 느리게 달리고 있었다. 조수석에 있던 아내는 화가 났다. 교통체증이 있는 것도 아닌데 아주 천천히 달리고 있었기 때문이다. 아내는 지금 이 상황이 답답했다. 이건 다 장어 때문이었다. 아내는 말했다. "이럴 거면 장어를 왜 사 와서, 장어를 팔아서 장사를 할 것도 아닌데 굳이 살아있는 걸 이렇게 들고

생명으로 우리는 귀엽다

가야 하는 이유를 모르겠어 증말!" 짜증 섞인 말투에서 아내의 불만이 고스란히 느껴진다. 집으로 돌아오는 길. 장어 때문에 부부싸움을 하게 됐다는 청취자는 차라리 고부간의 갈등 때문에 싸우는 부부들이 더 부럽다며 사연을 보냈다. 장어 때문에 매년 싸우는 게 힘들다면서 말이다. 청취자는 장어를 태운 트럭 때문에 싸운 건 이번이 처음이 아니라고 했다. 매번 고향에 갔다가 집으로 돌아오는 길. 아내와 싸우는 현실이 너무 힘들다며 사연을 보냈다는 것이다. 우리 제작진은 이 사연을 듣고 곧바로 청취자와 전화 연결을 했다. 엠씨는 말했다. "장어를 옮기는데 꼭 느리게 운전할 필요가 있을까요?" 청취자는 말했다. "빨리 달리면 장어가 스트레스를 받아요." 엠씨는 이어서 말했다. "우리 아내분이 느리게 달려서 스트레스를 받고 계신 것 같은데요." 청취자는 답했다. "오늘 하루만 느리게 가면 되는데, 잔소리가 너무 심해서 힘들어요." 결과적으로 대화는 한 치의 양보도 없이 끝났고, 결국 집으로 돌아가 장어를 맛있게 먹으려면 최대한 옮기는 과정에서 장어들이 스트레스를 받지 않아야 하기 때문에 느리게 갈 수밖에 없다는 것이 그의 결론이었다. 그에게 다른 사람의 조언은 들리지 않았다. 아내의 잔소리는 그저 불평에 불과했다. 장어가 정말 편안한 마음으로 이동하고 있었는지는 모르겠지만 이 여정은 단 한 사람만의 행복을 위한 여정일 것 같다는 생각이 들었다.

매년 명절이면 반복되는 에피소드. 이번 명절에는 이것만큼은 피해야지 하는 모든 일들도 이상하게 반복된다. 나는 사람이란 마음먹은 대로 할 수 있는 존재라는 사실을 인정하면서도 어리석은 일들을 반복하는 과정을 보면서는, '어쩌면 이렇게도 무지할까'라는 생각을 떨쳐버릴 수 없다. 장어를 맛있게 먹기 위한 여정. 누군가는 고개를 끄덕이며 공감할 수 있는 이야기일지 모르겠으나, 누군가에게는 헛되고 헛된 이야기가 아닐 수 없다.

재작년부터였다. 명절에 혹시 시골에 가는 일이 생기면 나는 개들이 먹을 수 있는 간식을 준비한다. 시골에 있는 개들이 좁은 공간 안에 반복된 일상을 살고 있는 것을 발견하면 주인에게 간식을 주며 개를 키우는 방식에 대해 나름대로의 논리로 설명을 했다. "요즘은 이렇게 키우면 안 돼요."라고 하기도 했고, "강아지들이 불쌍해요."라는 말로 회유해 보기도 했는데, 그럴 때마다 내게는 "개는 개일뿐이다."라는 답변이 돌아올 뿐이었다. 내 의도는 "개는 개여서 이렇게 방치가 되어서는 안 된다는 것"을 전하고 싶었던 것이었지만 나의 의도와는 전혀 다른 결론으로 도달했다. 내가 개들과 그날 할 수 있는 것은 새로운 목줄로 산책을 해주는 것. 간식을 주고 이야기를 나눠보는 것. 등이었다. 개들이 산책을 하고 사람이 주는 건강한 간식을 먹으면 온몸으로 기쁨을 표현한다는 것을 이 개의 소유권을 갖고 있는 주인들에게 직접 보여주고 싶었다.

동물과 사람이 다른 이유는 헤아림의 영역이 아닐까. 두 존재의 가장 다른 점은 언어를 사용하느냐, 하지 않느냐 라고 할 수 있는데, 언어를 사용하는 사람이 동물을 먼저 탐구할 수 있고 그 탐구의 끝에는 동물의 입장을 사람이 사용하는 언어로 표현할 수 있다는 점을 말할 수 있겠다. 동물에게 사람을 이해하라는 말은 질서와 순서에 어긋나는 말인데, 사실 나는 동물을 돌보면서 어쩌면 동물이 사람을 더 이해하고 있을지도 모르겠다는 감정을 느낄 때가 있다.

하지만 분명히 하자. 사람에게 언어의 능력이 있다는 것은 분명 이 세상의 다른 존재들보다 특별하다. 그러므로 이 특별함은 존재로서보다 연약한 생명을 위해 사용되어야 한다. 우리의 언어가 그들의 한계를 헤아려 줄 수 있기 때문이다. 내가 개들에게 간식을 주며 대답할 수 없다는 사실을 알면서도 그들에게 대화를 시도하거나 다양한 질문을 던지는 것은 이런 이유에서다. 듣지만 말하지 않는 생명. 지금 내 앞에는 개들이 있지만 우리 사회에 이런 존재들이 어디 이뿐이던가.

이번 명절에는 개들이 보이지 않았다. 올 초 지자체에서 홍보 전단지가 내려왔는데 개들을 더 이상 방치해서 키우면 안 된다는 지침이 있었다. 방임이 동물 보호법에 위반된다는 사실을 고지했고 시골에서 키우는 개들의 환경에 대해 적극적으로 문제 제기를 한 것이다. ('동물보호법 전부 개정법률'에 따르면 반려동물에게 최소한의 사육 공간이나 먹이를 제공하지 않는 등 사육·관리 의무를 위반해 반려동물을 죽게 하는 동물 학대 행위를 할 경우 3년 이하의 징역이나 3천만 원 이하의 벌금이 부과된다.) 시골에서 평생을 살았던 어르신들은 어리둥절하기만 했다. 개들의 마음을 헤아리면서도 어떤 방법이 옳은 것인지 조금 헷갈리기 시작했다. 단순히 '불쌍하다'는 인식을 넘어 개들을 위해 무엇인가 해야 한다는 사실에 혼란스러웠다. 어르신들의 형편 또한 개들과 다르지 않았기 때문이다. 자유롭고 싶지만 자유롭지 못한 현실, 아픈 구석이 있지만 제대로 치료받는다는 것은 꿈도 꿀 수 없는 현실. 오래전에 키웠던 소와 돼지를 팔아 자식들 대학을 다 보냈지만 돌아오는 건 동물을 좋은 환경에서 키우지 않았다는 젊은이들의 비난이 옳은 말인 줄 알면서도 그야말로 '속 시끄러운 일'이 돼버렸다.

어르신들은 개들을 더 이상 키우지 않기로 했다. 눈에 보이지 않으면 문제가 되지 않으니까. 이제 더 이상 시골에 개들이 짖는 소리가 들리지 않는다. 내가 개들에게 주기로 한 간식은 갈 곳을 잃었다. 시골 어르신들은 더 쇠약해지셨다. 누군가를 돌볼 몸과 마음의 여유가 없어졌기 때문이다. 이번 명절을 딸의 집에서 지내기로 했고, 다음 명절에는 아들의 집에서 지내기로 했단다. 송편을 빚었던 풍경은 어디에도 없다. 개뿐만 아니라 가족이란 존재도 부담스럽거나 불편하기만 하다. 이렇게 된 건 개 때문도 아니고 사람 때문도 아니었다. 그저 어딘가에 있지만 한 번도 보이지 않았던 헤아림의 부재 때문이었다.

라디오 글쓰기를 그만두기로 한 날부터 그동안 반복했던 나의 명절 전야도 달라졌다. 조금 더 여유 있게 부모님을 뵈러 갈 수 있었고 그동안 가지 못했던 성묘도 갈 수 있었다. 내가 사는 곳이 아닌 다른 사람이 사는 풍경에 대해 조금 더 진지하게 바라볼 수 있었다. 청취자들의 차에서 들렸으면 하는 노래들을 선곡했던 일은 나를 위한 일로 바뀌었다. 고향 가는 길에 차에서 들렸으면 하는 노래는 다른 사람이 듣고 싶은 노래가 아닌, 내가 좋아하는 노래들로 채웠다. 부모님의 고향, 나의 고향을 찾아가는 발걸음은 분명 달라졌다. 조금 더 세심하게 헤아려야 하는 사람의 마음, 생명들의 움직임을 포착하기 시작한 것이다. 명절이면 계절이 바뀌고 하늘이 높아진다. 계절의 변화 때문이라고 하지만 나는 나의 본향에 대해, 내가 지금껏 옳다고 믿었던 모든 아집에 대해 조금 더 넓은 마음으로 헤아려 볼 기회가 찾아왔다고 믿는 순간이다. 하늘이 주는 기회. 나는 개들의 빈 집을 보며 사람의 마음에 무엇을 채워야 할까를 고민했다. 말하지 못하는 동물에 대해 대신 말을 해주겠다고 결심한 그날부터 혹시 사람의 말들을 놓치고 있는 것은 아닌가. 나는 정말 생명에 대해 사랑으로 말할 수 있는 준비가 되어 있는 사람인가 라는 생각이 나를 사로잡는다. 동물에 대한 우리들의 모든 목소리가 결국엔 사람을 위한 사랑의 언어들이었으면 하는 마음이 밀려온다.

인간은 인간일 뿐이다

'동물은 동물일 뿐이다' 나는 이 문장을 낯선 사람들에게서 종종 듣는다. 이를테면 개를 안고 엘리베이터를 타거나 개와 함께 백화점에 가거나 개에게 예쁜 옷을 입힌다거나 개에게 사랑스러운 말투로 인사를 하고 가끔은 동물과 스킨십을 하는 경우에 듣는다. 이 모습을 본 어느 타인은 말한다. '동물은 동물일 뿐이다' 이 문장이 내포하는 의미는 동물인 존재가 인간의 영역을 침범해서는 안된다는 전제가 있다. 인간과 동물의 위치는 엄격하게 구별되어 있으며 동물이 인간의 영역을 침범해 인간과 같은 삶을 누리고자 하는 것에는 문제가 있다는 의미다. 단순히 이 문장이 인간과 동물의 생활환경을 구분 짓는 것이라면 조금은 이해하고 넘어가겠지만, 이것이 동물을 인간의 수단으로 사용하거나 동물에 대한 존재 의식이 괴멸된 형태로 남겨진다면 이는 바로잡아야 할 일이라고 확신한다. 따라서 나는 '동물은 동물일 뿐이다'라는 정의에 대해 조금 더 폭넓은 생각을 공유하고자 한다.

갈등의 원초적인 발단은 다름에서 온다. 나와 다른 삶의 방식, 나와 다른 생각은 인간사에서도 치열한 논쟁과 다툼을 일으킨다. 인간은 이를 올바른 사고로 구분 짓는 것에서 문명을 만들어왔는데 그 문명의 역사가 언제나 올바른 방향으로 흐르지만은 않아 비극을 경험하기도 했다. 이를테면 존재의 다름을 규정하는 과정에서 오류를 범했을 때 같은 인간의 모습을 가지고 있어도 조금의 다른 모습을 허용하지 않고 차별과 혐오를 받아들인 비극적 순간의 반복 역사가 그렇다. 지금도 이 역사는 반복되고 있고 때론 더욱 치열해지고 있다. 인간은 이와 같은 반복이 보다 나은 세계로 가는 방법이 아니라는 것을 알면서도 욕망과 욕심, 그리고 영원히 살 수 있을지도 모른다는 오만함으로 최악의 역사를 만들어내고야 만다. 오늘날의 인간사 수많은 문제들도 이와 같은 본질적 흐름에서 출발한 것들이 대부분이다. 이를테면 일본의 오염수 방류 문제, 장애인과 여성, 인종의 차별 등의 문제가 하나의 해결점으로 귀결되지 않는 것은 각자가 처한 이해관계 속에서 함께 하는 세상에 대한 미래를 그리지 않고, 기득권이 영원히 기득권이 되기 위한 욕망에서 비롯된 것과 같다. '나만 아니면 돼'라는 한 때 유행했던 개그는 실제 우리 사회의 이러한 이기주의적 실태가 다양하게 표출된 형태이다.

다름은 그저 다름일 뿐이다. 틀린 것은 바로잡아야 함을 필요로 하지만 다른 것은 인정을 필요로 한다. 틀림과 다름을 구분하는 기준이 우리 사회에 근본적으로 어디에 있어야 할까를 먼저 고민하지 않는다면 인간은 저마다의 기준으로 다름을 틀림으로 오해하며 전쟁을 시도할 것이다. 그렇다면 다름을 규정할 수 있는 근본적인 기준은 어디에서 찾아야 할 것인가. 나는 인간이 생명으로 태어나는 본연의 모습을 떠올릴 때 비로소 그 근본적 기준에 대하여 토론해 볼 수 있다고 생각한다.

생명으로 존재하는 인간의 모습은 자연의 법칙과 신의 원칙에 따라 모두 동일하다. 모든 생명은 하나의 자연 원리에서 태어나고 죽으며 생의 과정은 다를 수 있지만 시작과 끝은 같다. 한 생이 시작 이전에 존재했던 세상과 끝 이후에 펼쳐질 세상 또한 달라질 수 있으나, 시작과 끝의 그 과정은 누구에게나 동일하다. 우리가 다름과 틀림의 기준을 세울 때, 생명의 근본적 시작과 끝이 어떻게 되느냐를 검토하는 것은 아주 중요한 지점이다. 이 사실을 기억한다면 생의 과정에서 우리가 마주할 수 있는 다양한 삶의 모양들을 비춰봤을 때 아마도 틀림 보다는 다름을 더 많이 발견하게 될 것이라고 확신한다. 동물이 살아가는 방식은 틀린 것이 아니라 인간과 다른 것이다. 이것은 지극히 당연한 이야기이지만 쉽게 간과하는 부분이다. 동물은 인간과 다른 존재이기에 다른 영역의 부분에서 존중받을 수 있다. 동물의 고유한 생의 모양을 인간이 침범해서는 안된다고 생각한다. 인간이 동물과 함께 살아가는 것은 인간과 동물의 다름을 인정하고 동물의 본능과 생의 방법에 대해 충분하게 이해하고 나아간다는 것이다.

그렇다면 인간이 동물을 이해하는 과정에서 인간이 얻을 수 있는 것은 무엇인가. 신기하게도 인간이 동물을 위해 스스로의 지성을 소비하고 있다고 생각하지만 인간은 있는 그대로의 동물, 그리고 동물이 살아가는 방식을 이해할 때 비로소 인간이라는 모습으로 이 지구

생명으로 우리는 귀엽다

에서 살아가야 할 바를 깨닫게 된다. 인간의 삶의 방향을 올바로 알아차릴 수 있게 된다는 것이다. 인간은 동물과 같이 지구 안에 존재하는 생명체이기 때문이다. 다른 동물을 이해한다는 것은 비로소 인간으로 존재하는 바가 무엇인지 깨닫게 된다는 의미다.

그렇다면 인간과 동물이 함께 살아가는 방식에 대해 다른 것과 틀린 것에 대한 구분은 어떻게 할 수 있을까. 나는 인간과 동물이 삶의 영역을 함께 공유하는 과정을 직접 경험하고 있다. 인간은 사회적인 활동을 하고 본능적인 쉼을 누리고자 하는 한 편, 동물은 그들이 가진 고유한 방식으로 인간과 함께 살기를 원하고 때로는 보호받기를, 때로는 자신의 본능대로 안전해지기를 원한다. 인간과 함께 사는 방식 그 자체가 동물의 본능이며 이들은 이미 인간과 동물의 관계가 어떤 것인지 명확히 알고 있다. 이 안에서 자신들이 생존하는 방법을 때로는 다양하게 표출하기도 한다. 아주 쉬운 예를 들자면, 개는 산책하기를 좋아하고, 고양이는 따뜻한 장소를 좋아한다.

다시, 앞서 이야기한 문장. '동물은 동물이다'라는 말을 동물을 혐오하는 말로 표현한 사람들의 논지를 끌어오자면, 동물이 인간의 영역에 침범한 문제에 대하여 먼저는 다름을 인정하지 않고 동물은 그저 동물로 존재해야 한다는 인식, 즉 동물은 인간이 아니기에 다른 것이 아니라 인간사에 함께한다는 것은 틀린 생각이라는 인식이라는 점이다. 그러나 이는 오류가 있다. 동물은 이미 인간과 다름을 인식하고 있으며 동물이 먼저 인간의 영역에 침범하려 하거나 동물이 인간이 되려는 시도를 한 적은 단 한 번도 없다는 점이다. 그들은 언제나 어느 때나 동일한 모습으로 태어남과 죽음을 반복했고 그 모습을 본능적으로 인식하고 있다. 그들이 무엇인가 인간과 비슷한 문명을 만들어 볼 욕심이 있어서가 아니라 그저 한 생을 잘 살아가기 위한 본능만이 남아 있다는 것이다. 오히려 인간이 동물의 생을 고려하지 않고 인간의 욕심과 생각으로 이들을 지배하려 했거나 인간의 탈을 씌어보려 했던 시도가 있었을 뿐이다. 비극적이게도 이와 같은 인간의 시도는 오늘날에도 지금 이 순간에도 반복되고 있다. 그리고 동물에 대한 오해와 혐오는 끊임없이 생산되고 있다.

그렇다면 인간은 동물과 어떻게 함께 살아가야 하는가. 나는 인간이 동물과 다른 존재임을 인식하며 인간으로 살아가는 생의 목적에 대해 언제나 분명히 해둬야 한다고 믿는다. 오늘날 무엇이든 할 수 있고 어디든 갈 수 있으며, 때로는 무엇이든 창조해 낼 수 있는 인간은 아이러니하게도 서로를 위해 존재한다. 여기서 말하는 서로란 같은 인간일 수도 있으며 인간과 동물일 수도 있다. 인간으로 살아가기 위해서는 인간 스스로와 인간이 아닌 존재인 다른 생명, 동물과 공존하는 방법을 끊임없이 모색해야 할 것인데, 이를 올바르게 실천하기 위해서는 인간이 다름과 틀림을 정확하게 구분 지을 수 있는 지성을 온전히 발휘하는 것에서 시작할 수 있다고 본다. 인간에게 주어진 특권이 있다면 바로 이런 것이다. 모든 생명을 가장 온전한 모습으로 다스리고 사랑할 수 있는 능력. 우리는 이 능력을 얼마나 오해하고 있었던가. 나는 지금까지 말한 바대로 동물이 인간 삶의 범위를 침범했다고 보지 않는다. 인간은 얼마든지 그럴 수도 있고 그렇게 하지 않을 수도 있는데 그 선택은 인간이었지만 동물은 그 모든 인간의

생명으로 우리는 귀엽다

선택에 따라왔을 뿐 단 한 번도 소위 말해 봉기(蜂起)한 적이 없다. 동물들은 아마도 인간이 우리 곁을 떠나라, 하면 떠날 수도 있겠다. 그들은 떠난 모습으로도 충분히 자신들의 본능과 방법대로 살아갈 것이다. 그러나 인간은 그들을 떠나 살 수 없다. 떠나가라 했지만 인간에게 동물이 없는 삶이란 존재 의식이 흔들리는 삶이기 때문이다.

인간이 해야 할 일은 '동물은 동물일 뿐이지' 하는 인식을 혐오와 틀림의 시선에서 다름의 시선으로 바꾸어 놓는 것이다. 함께 살아가는 존재, 존중받아야 하는 생명. 그 어떤 가치와도 비교할 수 없고 저울질할 수 없는 고유한 삶의 영역임을 인식하는 것은 오직 인간만이 할 수 있는 일이다. 인간이 가진 이 능력을 인간이 외면하지 않기를 바란다. 우리는 인간일 뿐, 그 어떤 존재도 아니다.

헤어지지 않을 결심

영화를 본 후, 엔딩 크레디트가 모두 올라간 뒤에도 정리가 안된 이 마음은 영화 때문인가, 나의 짧은 생각이 영화의 끝에 가닿지 않았기 때문인가. 내가 명작이라 생각하는 몇몇의 영화들은 나에게 이런 질문을 던져주는 영화다. 영화 〈헤어질 결심〉은 전 세계의 사랑을 받기에 충분한 영화였고 많은 사람들이 극찬을 하며 개개인의 인생에 소위 인생 영화로 등극하기도 했다. 나도 영화를 본 뒤 그 여운이 오래갔다. 영화 속에서 각자가 좋아하는 장면들이 다를 테지만, 내가 좋아하는 장면은 여기다.

········ 🐾 해준, 위스키를 한 모금 마시다가 뒤돌아본다.

직벽의 끝에 앉아 위스키 마시는 도수, 기분 좋은 듯 눈 감고 음악에 집중하다가 인기척 느끼고 돌아본다. 차가운 결의가 담긴 얼굴로 달려오는 서래. 도수를 밀어버린다. 도수, 허공에서 손을 휘저으며 서래를 잡으려 하지만 거칠게 깨진 손톱 끝이 그녀의 손을 스칠 뿐이다. 왼 손등에 할퀸 상처가 생긴다. 롤렉스 시계 분침이 10시 1분에

생명으로 우리는 귀엽다

서 2분으로 넘어간다. 추락하는 도수. 서래도 달려온 관성 때문에 떨
어질 뻔했지만 허리에 자일을 묶어 나무와 연결해 둔 덕에 가까스로
멈춰 선다.

 - <헤어질 결심> 각본. 정서경, 박찬욱

이 장면에 대한 이야기를 하기 전에 영화의 시작으로 가보자. 영화의 첫 장면은 주인공 '해준'이 산을 오르는 장면이다. 형사 해준은 그곳에서 변사자를 발견하고 사건을 접수한다. 그 사건의 시작으로 영화의 서사도 함께 시작한다. 변사자의 아내 '서래'를 만난 이후 해준은 알 수 없는 자신의 감정에 요동하게 된다. 피의자인 서래, 그전에 인간으로, 한 여자로 살아가는 서래의 모습을 발견했기 때문이다. 그 발견 때문에 자신이 눈앞에 해야 할 일을 망각하게 되기도 하는데 관객은 그 모든 과정을 해준의 입장에서 이해하게 된다. 이 모든것이 영화인들이 좋아하는 포인트다. 관객들은 다양한 입장을 알아차리고 혼란을 경험하는 것, 그로 인해 펼쳐질 반응들을 기대하며 해준과 서래의 서사를 자신만의 방식으로 다시 그리고 기억할 것이다.

좋은 영화는 언제나 본질을 생각하게 한다. 꼭 작가주의 영화가 아니어도, 액션이나 로맨스, 장르물과 같은 영화도 한 편의 서사를 통해 그 영화가 주려는 본질적인 메시지를 관객이 고민하게 됐다면 그것은 좋은 영화에 속한다. 나의 경우에는 그렇다. 그런 의미에서 <헤어질 결심>은 아주 좋은 영화에 속한다고 볼 수 있겠다. 해준의 마음이 사랑이냐 아니냐, 하는 논쟁을 펼칠 수 있고, 그렇다면 나아가 사랑은 무엇인가에 대한 질문을 해볼 수 있기 때문이다. 서래의 입장

에서는 더더욱 많은 질문이 나올 수 있다. 단편적으로 드러나는 것은 서래는 좋은 사람이냐 나쁜 사람이냐, 하는 점이고, 서래를 이해해야 하는 범위는 어디까지인가를 고민해 볼 수 있는 점이다. 그렇다면 여기서 한걸음 본질로 나아간다면 좋은 사람이라는 것은 무엇일까 하는 점이고, 나쁜 사람의 기준은 어디에 있을까 하는 점이다. 우리는 이 짧은 영화 한 편을 통해 기존에 의심 없이 믿고 있었던 삶의 작은 단편을 진지하게 고민해 볼 수 있다. 이야기가 우리에게 살아 움직인다는 것은 바로 이런 것이다.

신기하게도 나는 동물과 사람의 서사를 통해 인간이 추구해야 할 관계의 본질을 깨닫곤 한다. 주인이 먼저 세상을 떠난 반려견이 있는데 반려견은 그 주인을 잊지 못하고 매일 무덤 앞으로 찾아갔다는 이야기, 반려견을 아주 멀리 떠난 주인이 언젠가 다시 돌아왔는데 그 세월을 잊고 다시 반가워했다는 이야기. 수의사를 떠나 야생으로 돌아간 동물이 자신의 친구들과 함께 다시 수의사 곁으로 찾아와 인사를 하고 갔다는 이야기. 동물이 사람에 대하여 그야말로 그리워하고 때론 보은하며, 기억한다는 이야기는 존재가 다른 우리로서는 놀라지 않을 수 없는 일이다. 동물에게는 사람과 함께 했던 날들이 그들의 짧은 인생에 중요한 서사로 자리 잡고 있다. 먼저 내 곁을 떠난 주인의 발자취를 매일 반복하며 기억하고, 언젠가 나를 사랑해 줬던 그 손길과 냄새를 기억하고, 아픈 곳을 치료해 주며 좋은 음식을 줬던 누군가의 호의를 동물들은 잊지 않는다. 복잡한 생각에 얽혀 사는 사람과 다르게, 좋으면 좋고 행복했으면 행복했다는 그 마음만을 기억하는 동물들은 사랑스러웠던 순간, 그 모든 것들을 잊을 수 없는 구

생명으로 우리는 귀엽다

조로 태어난 존재다.

　동물을 대하는 사람의 마음은 어떤가. 내가 사랑하는 나의 강아지 고동이를 나 역시 처음에는 이기적인 마음으로 대했는지도 모르겠다. 나의 외로움을 채워주는 존재, 나만을 바라봐 주는 존재로 말이다. 이렇게 나를 위해 시작한 이 마음만을 가지고 갔다면 나와 함께하는 존재는 불행해질 것이 뻔한 일이다. 처음부터 나를 위해 존재하는 고동이가 원해야 할 것은 오직 나를 위한 일이어야 하니까 말이다. 그렇게 일방적인 마음을 가지고 간다면 이것은 끝내 관계의 오류를 낳는다. 사랑은 온 만큼 줘야 하는 것. 사랑이란 그 시작은 동정이거나 외로움이거나 그 밖의 수많은 다른 모양일 수 있지만, 그 모양이 과정에 이른다면 사랑이라는 이름으로 공평하게 나누어야 할 행복의 무게가 된다. 나와 함께하는 개도 나만큼 행복해야 한다. 나를 위해 존재하기를 원했던 너에게서 너를 위해 존재하는 나로. 우리들의 관계는 균형을 이뤄야 한다. 반려동물을 키우는 사람들이라면 이 모든 이야기가 조금은 쉽게 와닿을 수도 있겠다. 그러나 동물과 인연이 없다고 생각하는 사람들에게는 관계에서의 균형에 대해 이야기를 한들 과연 쓸모가 있는 말일까. 나는 결코 그렇다고 본다.

　우리에게는 보이지 않는 관계들이 있다. 오늘날 우리가 먹고 마시고 입고, 잠을 자고 새로운 아침을 시작하는 모든 일은 어느 한 종류의 생명의 존재로 인해 유지되는 것이 아니다. 누군가의 필요를 누군가의 무한한 희생으로만 채우고 있다면 그것은 언젠가 불균형을 이루어 미끄러지거나 쏟아진다. 생명 간의 거리에도 늘 적당한 선과 기울기는 존재하므로 그 높낮이가 앞서거니 뒷서거니는 해도 오롯이 한쪽으로만 치우칠 수는 없다. 사랑은 받은 만큼 주고 싶은 것이 당연하다. 이것이 사실임에도 불구하고 만약 받기만을 원하는 사람이 있다면 언젠가 그 사랑을 송두리째 빼앗길 수 있다는 사실은 우리가 인간사에서 이미 경험한 일이라는 것을 기억해야 한다. 동물과 자연이 생명으로 동일한 인간에게 오늘날 끊임없이 요구하고 있는 것은 준 만큼의 사랑이다. 그것은 오롯이 우리 모두를 위한 균형이다. 그래서 우리 곁에 있는 동물들이 오늘도 멈추지 않고 있는 일이 있다. 헤어지지 않을 결심.

내가 〈헤어질 결심〉에서 위에서 언급한 이 장면을 좋아하는 이유는, 그것이 해준과 서래와의 관계가 있기 전, 도수와 서래와의 관계에 주목해 볼 수 있었던 대목이기 때문이다. 이 장면은 관객이 서래를 이해하게 되는 결정적 장면이 되기도 하는데, 사랑이란 말은 일방적일 수 없으며, 그전에 사랑을 어떻게 정의해야 하는지에 대한 개개인의 진지한 생각이 필요하다고 확신하게 되는 장면이라 생각한다. 한 인간의 서사를 다른 말로 표현하자면 한 인간이 살아가는 세계의 움직임과 같다. 그 세계는 끊임없이 어떤 관계로 나아가는 것이 옳은 것인가를 질문한다. 개개인의 몫이 버거울 때는 다른 사람의 자리에 있는 서사도 들여다보며 우리는 내면의 성장이라는 것을 경험한다. 어쩌면 우리는 개개인이 조금 더 안락하게, 편안하게 살아가기 위한 다양한 방법, 그를 위한 이기적인 마음을 배우기 이전에 주는 사랑과 받는 사랑에 대한 균형을 먼저 배워야 하지 않을까.

만약 누군가 삶과 인간관계에 대한 고민이 멈추지 않는다면 자연이 알려주는 관계에 대해 생각해 보면 어떨까. 중력이란 이름으로 떨어지는 자연의 힘은 상처를 남길 수도 있는데, 또 그 중력이 있기에 안전하게 버틸 수 있는 방법을 알아차리는 것. 시간이란 시계 분침으로 알아갈 수 있지만 본질적으로는 눈에 보이지 않는데, 바로 그 시간이란 우리 힘으로는 도저히 붙잡을 수 없어서 괴롭지만 그렇기에 괴로운 일들도 저 멀리로 보낼 수 있다는 편안함을 느낀다는 것. 이 시간의 놀라움을 반복하는 지구와 언제나 우리 곁에 있는 동물들은 말한다. 이제는 더 이상 인간이 혼자만의 세상을 꿈꾸지 않기를 바란다고 말이다. 우리는 아직 인간과 헤어질 결심을 하지 않았으니, 인간인 우리가 이제 돌이켜 달라고 말이다. 우리가 해야 할 일은 어렵지 않다. 그들이 있는 그대로 존재하듯. 우리도 함께하는 존재로 그들보다 더 무엇인가로 나아가지 않고 서 있기만 하면 된다.

편파 판정

'부부싸움은 칼로 물 베기' 나의 경험상 이 말은 참 무섭다. 부부가 되어 가장 좋은 것은 헤어져도 갈 곳이 없다는 사실이다. 나는 남편과 좁혀지지 않을 것 같은 의견 충돌에 버럭 화를 내고 집을 나서 본 적도 있지만 결국에는 갈 곳이 없어 다시 집으로 돌아왔다. 서먹한 분위기로 한 공간에 있는 것은 둘 다에게 불편한데, 그 불편함을 견디기 어려워하는 사람이 먼저 사과의 제스처를 취하기 마련이다. 정작 우리가 싸웠던 그 본질에 대해서는 제대로 언급하지 않고 그저 흘러가는 분위기에 또 그냥 고개를 끄덕이며 싸움을 끝낸다. 그런데 문제는 다시 똑같은 이유로 싸운다는 거다. 경험해 본 사람은 알겠지만 당장에 화해가 성사됐다고 해서 부부간의 문제가 해결되는 것은 아니다. 가끔은 '제대로 잘잘못을 따지고 들어야지' 하면서 감정이 앞서는 말들을 쏟아낼 때가 있는데, 그런 날이면 다시 집을 나서고 싶은 충동 때문에 고민한다. 싸움의 원인은 어떤 사건이었는지 기억이 나지 않지만 싸움이 반복되는 이유는 언제나 '내 마음을 알아주지 않은 탓'이다.

생명으로 우리는 귀엽다

내가 생각한 결혼이란 이런 진퇴양난의 상황을 온몸으로 받아들일 준비가 되어 있는 사람들이 지금까지의 삶과 다른 삶이 펼쳐져도 괜찮다고 스스로와 결단하고 전진하는 일이다. 적어도 내가 결심한 결혼은 그랬다. 인생의 수많은 기회와 방향들을 포기하고 한 사람으로 충분하고 충만함으로 만족하는 것이 바로 결혼이다. 모든 것을 포기한다니 그렇다면 이런 걸 왜 하느냐 싶지만 인간이 무지한 게 이거 하나뿐이었던가. 한 사람의 아내가 되는 것이 세상의 그 어떤 것보다 좋은 일, 기쁜 일이라고 착각하며 시작하는 게 바로 결혼을 결심한다는 마음인 거다. 어딘가에서부터 온 이상한 착각인지 모르겠지만 그 착각 없이 온전한 이성적 생각과 경험으로 결혼을 결심했다는 사례를 나는 잘 들어보지 못했다. 만약 그런 사람이 있다면 그것은 나와는 다른, 결혼에 대한 생각을 갖고 있는 것이 분명하다. '결혼이란 무엇인가'에 대해 논의할 수 있는 장이 있다면 나는 그때 조금 더 진지한 논쟁을 하고 싶다. 하지만 지금 이 글에서는 내가 생각한 결혼에 대한 생각이 필요할 뿐 결혼을 이야기하고 싶은 건 아니다. 그래도 짧게나마 결혼에 대한 이야기가 흥미로운 누군가가 있을지도 모르니 덧붙여 말하자면, 결혼을 결심한다는 마음에 대해서 나는 이렇게 말하고 싶다. 한 인간이 자신과 전혀 다른 인간을 사랑하고 있는 마음이 어디에서부터 시작되었을까를 따라가 본 적이 있는가. 그 사랑이라 부르는 그는 단점보다 장점이 많거나, 나의 결핍을 채울 수 있는 사람이라고 여겼기 때문일까. 그 처음 마음에 대해 수많은 근거와 이유를 찾아 나설지라도 사랑 외에 다른 언어로는 설명할 수 없다.

결혼은 오롯이 당신의 삶을 내가 살겠다는 결심만이 남는 마음이다. 삶이 버겁고 힘들고 때론 예상치 못한 난관이 생각보다 더 가파를 때에도 그 모든 순간의 과정을 함께 하며 나아가겠다는 결심. 그 결심이 바로 결혼이다. 진정으로 결혼이란 것을 이루고 살아간 사람들은 그래서 갈 곳이 없다. 이 사람과 함께 만든 세상, 앞으로 만들 세상, 지금의 세상 외에는 다른 그 어떤 세상을 계획하지 않기 때문이다. 그래서 결혼은 해도 후회, 안 해도 후회인 것이다. 내가 가장 사랑하는 것들로 완성하는 아름다운 세상과 다시는 꿈꿀 수 없는 세상이 동시에 공존한다는 것을 알아차리는 것이 바로 결혼이기 때문이다.

내가 남편과 싸운 이후에 가야 할 곳이 없는 현실은 이런 의미에서 언제나 옳다. 우리 사회의 수많은 관계들은 깨지고 난 다음에 위로를 모으기에 급급하다. 관계가 깨지고 나서의 상처받은 마음에 대해 많은 사람들이 공감해 주기를 원하고, 슬픔을 토로하며 조금 더 많은 사람들이 슬픔에 함께하기를 원한다. 물론 위로와 공감 그리고 조금 더 넓은 포용은 우리가 사는 각박한 세상을 조금 더 너그럽게 할지도 모르겠다. 그러나 나는 이보다 더 중요한 것이 있다고 보는데 그것은 바로 가장 처음의 결혼에 대한 이해와 공감이다.

우리 사회의 청춘들이 관계를 고민할 때, 나아가 결혼에 대해 고민할 때 그 시작하는 마음에 대해 많은 사람들이 '일단 부딪혀 봐'라고 말하지 않기를 바란다. 결혼을 생각하고 누군가를 사랑하고 있다는 사람들에게 개개인의 삶의 가치가 얼마나 존재로 풍요로운지를 알려줬으면 좋겠다. '이렇게 사는 방법이 옳아'라는 말로 강요하거나 다그치지 않고 상대방을 위하는 마음과 옳은 가치관으로 단호하

생명으로 우리는 귀엽다

게 삶의 의미를 전해줄 수 있는 어른이 필요한 우리 사회다. 이런 결혼의 선배가 많아졌으면 하는 거다. 좁은 집단 속에서 단순히 이슈를 만들어 내고 싶은 고민 상담이 아닌 애정 어린 눈빛과 목소리로 앞으로의 누군가의 미래와 누군가의 글쓰기, 또는 누군가가 하는 말에 대해 이야기를 해준다면, 그것은 반드시 한 개인의 삶을 뛰어넘어 새로운 영향력으로 발휘될 것이라 생각한다.

언젠가 동물에 대해 이야기를 하고 싶다고 글을 쓴 적이 있다. 나의 글을 읽었던 어느 선배는 동료들과 함께 식사를 하는 자리에서 말했다. '그럼 임작가는 고기를 먹지 않겠네? 베지테리언인가, 그래?' 그 선배뿐만이 아니었다. 나와 가까운 사람들도 이런 나의 생각을 조금은 불편해했다. '개는 개야, 동물은 동물이야.' 어떤 이들은 말했다. '집에서 키우는 개 하고, 가축은 엄연히 다르지, 그게 이론적으로도 그렇다던데?' 어디에 근거를 둔 말인지는 알 수 없으나 그들은 단호했고, 평소에는 누구에게도 좋은 사람들이었다. 또 한 번은 일로 만난 사이에서 조금 친해져 사적으로도 몇 번 식사를 했던 동료가 말했다. "돈이 되지 않는 일이면 쉽기라도 해야 하는데, 그렇게 글을 쓰는 건 수익성 면에서 좀 떨어지잖아요." 동물에 대해 쓴다는 말은 주변 사람들에게 꽤 오래도록 이슈가 되었다. 나의 삶에 관심이 다들 이렇게 많은 줄은 몰랐지만 그 관심을 어떻게 보답해 줘야 하나 고민이 크다.

내가 동물에 대해 글을 쓰고 싶다고 이야기를 했던 건 마치 결혼을 앞둔 신부의 마음과도 같았다. 앞으로 나는 이런 삶을 살고 싶은

데, 당신의 응원과 진심 어린 격려가 필요하다는 말이다. 먼저 그 길을 갔던 사람이 있다면 그냥 세월이 흐른 대로 흘러간 시간이 아니라 진심으로 그 길이 험하고 어렵다는 것을 알려주는 사람이 있었으면 했다. 내가 동물에 대해 글을 쓰기로 마음먹었던 그 동기에 대해 함께 진지하게 생각해 주는 사람이 필요했다. 소외된 생명과 지금도 울부짖는 존재에 대해 관심을 기울이지 않았던 누군가의 마음을 돌이키기를 원했다. 하지만 결혼과 마찬가지. 동물을 대변하겠다는 마음 또는 동물에 대한 사람들의 생각을 바꿔보고 싶다는 결심은 앞으로의 삶에 대해, 나아갈 방향성과 행보에 대해 조금 더 좁은 길을 가겠다는 것과 다르지 않았다.

나는 결혼을 통해 내가 누군가에게 필요한 존재이며, 남편도 나에게 필요한 존재임을 깨닫는다. 그것은 우리가 아무리 싸워도 다시 집으로 돌아갈 수밖에 없는 이유가 된다. 동물에 대한 책을 읽고 공부하며 그들을 점점 알아갈수록 나는 나의 필요를 떠올린다. 그들에게 어쩌면 내가 필요한 존재일 수도 있겠다는 충만함. 그리고 나에게 그들의 존재가 또한 전적으로 필요하다는 안정감. 존재로 서로를 인정하는 우리는 일방적으로 지배하거나 왜곡된 사랑의 이름을 사용하지 않는다. 우리는 서로의 필요와 쓸모로 함께하고 있다. 그렇기에 어쩌면 내가 동물에 대해 쓰겠다는 마음은 너무도 자연스러운 일일 것이다. 이미 있던 것에 대해 그저 나열하는 일. 잘못된 시선을 바로잡아 온전하게 바라보기를 애쓰는 일. 시간이 흐르는 것처럼 태어나고 살고 죽는 지구의 모든 움직임을 받아들이는 일. 우리는 겨우 이것들을 하고 있지 않은가. 그러나 생각해 보라. 그저 그런 이 일들이

생명으로 우리는 귀엽다

온전하게 움직이지 못한 채 한쪽으로 치우친 세상에서 우리는 얼마나 많은 에너지를 낭비하고 있는가. 지금도 반복되고 있을 어떤 생명들의 소리 없는 죽음과 공포에 떠는 삶들은 고작 이 자연스러운 순리대로 살고 싶을 뿐이다.

공정하지 못하고 어느 한쪽으로 치우치는 것을 편파 판정이라고 한다. 남편과 싸운 후 뭔가 정당하지 않다고 생각이 들 때면 나는 잘잘못을 따진다. 한쪽으로 치우쳐 우리 가정에 올바른 질서가 무너질 것 같은 생각이 들기 때문이다. 보통은 서로의 존재를 인정하지 않거나 한쪽의 이기심으로 시작된 갈등이 이런 사태까지 불러오는데, 조금 언성이 높아졌더라도 편파 판정으로 마무리하지 않으려 애쓴다. 감정을 뒤로하고 문제를 돌이키며 다시금 질서를 회복하면 사랑이라고 생각했던 그 처음 마음을 다시 회복한다. 인간사는 편파 판정에 분노한다. 질서에 어긋났기 때문이다. 내가 사랑하기로 선택한 이 길은 세상의 수많은 편파 판정에 분노하며 결심한 길이다. 지금도 그 결심에 누군가는 비웃지만, 결과적으로 비뚤어진 세상에 살고 있는 누군가의 말들에 흔들릴 것 같으면 시작하지도 않았다. 다시 가을이 왔고 겨울이 올 것이다. 내가 겨울을 알고 있는 이유는 겨울을 내내 지나왔기 때문이다. 그저 함께 겨울을 걸어가 줄 사람들이 내가 가고자 하는 이 길에 기꺼이 함께 걷기를, 망설임이 있을지라도 결국에 걸어가기를 바라는 마음이다.

나를 닮은 생명

　사랑하는 사람들은 서로가 닮는다. 현재 내가 어떤 것에 관심이 있느냐에 따라 얼굴은 그 관심을 따라 주름이 생기고 성격과 걸음걸이에는 고유한 모양이 생긴다. 언젠가 제주도로 여행을 떠났을 때의 일이다. 해안도로를 따라 걸었던 우리 부부는 어떤 해녀 한 분을 만났다. 그녀는 직접 물질을 해 온 해산물들을 펼쳐놓고 관광객들을 대상으로 라면을 팔고 있었다. 그녀는 번듯한 식당을 하나 갖고 싶다는 생각을 해본 적도 있지만 물질을 하는 것만으로는 그 꿈을 이루기가 쉽지 않았다. 조금 이른 아침이지만 우리는 그녀가 끓여주는 라면을 먹기로 했다. 지붕이라면 지붕이라고 불릴 수 있을 것 같은 허술한 천막 아래, 바위틈 사이로 지지대를 고정해 놓은 플라스틱 식탁이 있었고 우리는 그 앞에 앉았다. 제주 바람은 가을 바람처럼 불고 있었고, 바로 옆에 있는 바다는 라면이 인스턴트 음식이라는 것을 잊게 할 작정이었는지 푸르게 빛나고 있었다. 그 순간 먹었던 라면 한 그릇은 자연이 주는 최고의 만찬을 경험하게 해 주겠다는 누군가의 선물인 것만 같았다. 그때 그 라면은 우리가 아는 라면이 아니었기 때문이다. 정말이지 '맛있다'라는 단어로는 모자란… 처음 먹어보는 라면의 맛이었다. 식사를 마치고 배가 부르니 그제야 우리에게 라면을 끓여준 그녀가 보였다. 제주 바다를 직장으로 삼고 산 세월만큼 그녀의 좁은 어깨는 어딘가 깊어 보였다. 나는 그녀의 삶이 궁금했다. '아주머니, 이 일을 언제부터 시작하신 거예요?' 그녀는 대답했다. 여기 온 사람들이 가끔 그런 걸 물어보기도 하는데, 라면을 끓이는 일은 정말 먹고 살 정도일 뿐이라고 말이다. 라면을 끓이는 일은 '물질'을 하기 위해 하는 일이라고 했다. 할 수 있는 일이 물질 뿐이라 그 일을 계속하기 위해 라면을 끓이기 시작했다고. 그녀의 인생에 시작과 과정, 그리고 미래의 모습은 모두 바다와 함께하는 일이 전부였다. 바다 깊은 곳으로 들어가는 일은 언제나 숨이 턱밑까지 차오르는 일이다. 숨을 쉬기 위해 육지로 걸어 나오면 다시 호흡이 정돈된다. 숨이 일정해지면 바다로 들어가 다시 숨이 차오를 때까지 헤엄을 치는 그 순간을 반복한다. 그녀가 가장 잘하는 일. 그래서 멈추지 않는 일. 거의 매일 바다에 온몸을 맡기는 그녀는 바다와 닮았다고 표현하나, 거의 바다와 다를 게 없었다.

바다를 사랑한 그녀를 보며 나는 무엇을 닮아있을까 생각했다. 이 글을 쓰고 있는 지금은 카프카 정도를 떠올릴까, 아니면 김수영을 생각하고 있을까. 닮고 싶은 작가들의 이름이 머릿속에 맴돈다. 나의 삶의 과정은 언제나 내가 닮고 싶은 것들로 가득 차 있었다. 어느 시인이 남긴 아름다운 산문의 한 줄을 읽노라면 나는 그 한 문장을 닮고 싶고, 영화 속에서나 존재하는 멋진 주인공의 현실적인 대사를 들을 때면 그 영화와 같은 삶을 살고 싶다는 생각을 한다. 몇십 년, 때론 몇백 년 많은 사람들에게 읽힌 고전의 명작을 읽을 때면 시간여행을 하는 것 같은 착각이 들기도 하는데, 마치 그것은 내가 그때로 돌아간 것 같거나 또는 그때가 오늘날의 현실이 된 것 같은 생각이 든다. 나는 그 경험을 시간여행이라는 단어로 표현할 수밖에 없는데 고전을 읽는 나의 순간을 다른 단어로 표현해 낼 수 있으면 좋겠다는 생각을 진하게 느끼다가 독서가 끝나는 경우가 많다. 이처럼 나는 내삶에서 어떤 것을 닮아있느냐, 하는 것이 쉽게 떠오르지 않을 때면굳이 생각하려 하지 않고 그저 닮고 싶은 것들을 나열하는데, 그렇게 나열하다 보면 문득 내 삶이 온통 내가 닮고 싶은 이야기들로 가득하다는 것을 알아차린다. 내가 원하고, 바라는 것들이 나의 삶으로조금씩 채워진다. 자기계발서와 같은 책들은 '생각하고 마음먹은 대로 이뤄지는 삶'이라는 문장으로 끊임없이 우리가 희망하는 것들에대해 되새김질을 하라고 이야기하기도 한다. 그러나 진짜 내가 원하고 바라는 것들은 그렇게 갑작스럽게 찾아오지 않는다. 희망하는 것들에 대해 생각하고 되새김질을 하다 보면 그 희망은 어느 순간 우리삶에 놓여 있고 어느새 그 희망으로 꽉 차 있는 삶이 되는 경험을 한다. 나도 모르게 나의 간절함이 내 모습을 완성하고 있는 것. 그것은바다가 되어야겠다고 단 한 번도 마음먹지 않았지만 그저 매일 바다로 들어갔던 삶이었기에 어느 순간 바다가 된 그녀의 모습과 같은 것이다.

동물을 생각할 때 우리는 동물이 인간에게 얼마나 학대를 받고있느냐에 초점을 맞추는 경우가 많다. 그도 그럴 것이 인간이 동물을 지배하려고 하는 잘못된 의식에서 시작된 비극이기에 이를 바로

생명으로 우리는 귀엽다

잡고자 하는 움직임이 있는 것이다. 그런 움직임은 잘못된 것을 바로 잡아야 하는 반드시 필요한 일이다. 그러나 이런 움직임이 반복되면 동물을 단순히 '불쌍한 존재'로만 바라보게 된다. 우리의 삶과는 전혀 상관없는 존재가 될 수 있다. 불쌍한 동물들을 구해줘야 하는 의무감을 마음 속에 세우는 것이다. 나는 오늘날의 동물을 바라보는 인식과 현실을 바라볼 때, 그 의무감이 조금 더 많은 사람에게 세워져야 한다고 생각한다. 동물을 물건으로 취급하는 우리 사회의 법 정의만 해도 그렇다. 생명이 아닌 물건으로 보는 이 관점은 오히려 동물에 대한 많은 사람들의 생각을 양극단으로 놓이게 한다. 대중들의 감수성을 반영한 법의 내용이 아니라 동물에 대하여, 나아가 생명에 대한 철학적이고 실제적인 논의를 거친 결과로 우리 사회가 함께 지켜야 할 법의 문장이 완성되어야 한다고 생각한다. 분명히 법이 나아가야 할 방향은 동물을 물건이 아닌 생명, 즉 김금희 작가가 언급한 '비인간적인 인격'으로 인정해야 할 시점에 이르러야 한다.

이런 논의가 가능하다면 내가 생각하는 가장 큰 핵심은 동물이 자연으로부터 온 자연의 일부분이라는 사실이다. 동물은 인간이 만들어 낸 로봇, 인공지능, 인간의 이성으로 집결해서 만들어 놓은 대상이 아니라는 점이다. 앞서 이야기했던 성경적 창조론의 원리에서 보자면 동물이 먼저 세상에 있고 마지막에 인간이 창조되었으므로 인간이 동물의 존재를 규명하는 일은 먼저 자연의 관점에서 생각해야 한다. 자연의 질서가 먼저 만들어졌고, 그 다음 인간의 질서가 생겼기 때문이다. 동물은 인간이 물건으로 취급할 수 있는 대상이 아니다. 진화론의 입장에서도 마찬가지다. 가장 처음으로 돌아가 빅뱅으로부터 수많은 우연의 겹침으로 탄생한 오늘날의 생명들은 각자 저마다의 우연의 집결체이다. 그 우연의 순간에 인간이 개입한 것은 단 한순간도 없었다. 오늘날 우리가 동물을 물건으로 취급할 수 있는 이유는 이론적으로 그 어디에도 없는 것이다.

인간이 동물을 '물건'으로 대할 때 나오는 폐해들은 단순히 동물을 '먹기 위한 존재'로 규명하여 마음대로 '사용해도 되는' 것에서 그치지 않는다. 이 정의는 인간사의 갈등을 초래하기도 한다. 본래 동물의 존재에 대한 진지한 고민을 한 사람과 단순히 동물이 자신의 생계 수단으로 생각한 사람의 견해가 다를 수 있으며 이를 좁히는 과정이 쉽지 않은 것이 분명한데, 그럴 수밖에 없는 이유는 생명으로 존재하는 것에 대한 고민과 인간의 생계에 대한 관점은 서로에 대한 이해와 공감, 그리고 그 공감을 넘어선 대책이 뒷받침되어야 하기 때문이다. 만약 누군가 동물을 먹기 위한 존재로 생각하여 그것을 현실적으로 이루기 위한 시스템을 구축한 상태를 아주 오랜 세월 유지했다면, 또 그로 인해 한 인간이 살아가는 과정을 반복했다면 그 굴레를 끊어내기는 쉽지 않은 문제다. 다른 생계의 수단이나 이를 대체할 수 있는 현실적인 대안이 없다면 이들은 자신의 삶을 박탈당했을 뿐이라고 생각할 뿐, 생명에 대한 논의는 그저 우습기만 한 일일 것이다. 그러나 분명한 점은 동물들은 분명히 살아있는 생명이라는 점이다. 인간의 생계를 위해 존재하는 대상이기전에 인간과 자연으로 함께하는 존재라는 말이다. 나는 우리의 이 인식이 동물을 어떻게 대할 것인가. 동물이 살아가는 환경을 어떻게 만들 것인가. 하는 문제로 나아갈 수 있다고 본다. 누가 먼저 그 논의에 대한 따뜻한 질문을 던지고 대화의 장을 열어갈 것인가 하는 것에 대해서는 생명으로 존재하는 동물에 대해 진지하게 고민한 이들이 해야 하는 일이라고 생각한다. 즉 나와 이 글을 읽는 당신이 먼저 해야 하는 일이다.

나는 나의 반려견 고동이를 닮았다. 주변 사람들에게 꽤 많이 듣는 이야기다. 사람이 아닌 개를 닮았다는 말에 기분이 나쁘냐고? 그렇지 않다. 고동이는 매우 귀엽고 사랑스럽기 때문이다. 어떻게 사람이 개를 닮을 수 있을까를 생각할 때면, 나는 언제나 바다로 들어갔던 그 해녀를 떠올렸다. 그저 바다와 함께하는 삶을 받아들이고 살았던 그녀. 무엇이 되려고 하지도 않았고 바다에게 무엇을 바라지도 않았던 그녀. 그저 바다와 함께하는 삶을 지속하기 위해 그녀는 바다와 닮은 사람으로 살아갔을 뿐이다. 나는 동물을 물건으로 생각하지 않는 사람으로서 그리고 동물이 존재하는 그대로 동물답게 살아가기를 바라는 사람으로서, 사람이 동물을 닮을 수도 있겠다고 생각한다. 동물에게 바라지 않고 또 내가 동물을 통해 무엇을 해야겠다고 생각하지 않는 것이 동물을 사랑하는 방법이고 나아가 생명 존중이라는 거창한 단어를 아주 조금씩 실천하는 일이라고 생각하기 때문이다.

먼저 내가 닮아 있는 나의 삶의 어떤 것을 떠올리고 그 떠올린 것에 대한 나만의 진지한 생각을 써 내려가면 언젠가 내가 진정으로 해야 할 일들을 찾게 될 것이다. 나와 다른 삶을 사는 누군가를 비난하는 일은 너무 쉽다. 비극적인 현실을 끊임없이 되새기며 도대체 이 땅에 희망이란 있는 것인가, 탄식하는 일 또한 누구나 할 수 있는 일이다. 그러나 그 전에 우리가 해야 할 일이 있다고 생각한다. 우리는 조금씩 더 앞으로 나아가야 한다. 동물에 대해 내가 쓰기로 한 이유도 이 때문이다. 동물에 대해 생각하면 너무 슬픈 현실에 발만 동동 구르고 있다가 동물을 물건 그 이하로 대하는 사람들에 대해 비난을 하며 혐오하다가 끝나는 경우가 많았다. 내가 할 수 있는 일은 화를 내는 일뿐일까. 그렇게 결론을 내자니 나의 존재가 너무 작게 느껴진다. 우리가 각자 살아온 세월이 안겨 준 만큼, 그 세월 따라 무엇인가로 닮은 모습으로 채워진 개개인의 고유한 모습으로 우리는 우리의 일을 할 수 있다. 지금도 나와 닮은 생명들에 대하여 문장을 완성하는 이유가 여기에 있다.

2

우리는

사랑하기 때문에

어린 시절 이해되지 않았던 드라마 대사가 있었다. '사랑하니까 헤어지는 거야' 그리고 '사랑은 돌아오는 거야'였다. 맛있는 것과 맛없는 두 가지가 있는데 이 두 가지를 순서대로 먹어야 하는 상황이라면 무엇을 먼저 먹겠는가라는 이상한 질문에 나는 언제나 맛있는 것을 먼저 먹겠다고 하는 편이었다. 맛없는 것을 먼저 먹는 사람들은 맛있는 것을 더 아끼는 마음에서 그런 결정을 한다. 그러나 나 같은 경우엔 아끼다가 지금 이 순간을 맛있게 즐기지 못한 것이 조금 더 억울하다는 생각이 들어 언제나 맛있는 것을 먼저 먹었다. 이런 맥락에서 '사랑하니까 헤어지는 것'은 이해가 되지 않았다.

사랑하는 마음이란 쏟아붓고 넘치게 흘려보내도 부족한 것이라는 데에는 누구나 동의하리라. 과거의 내가 생각했던 사랑이란, 그다음의 결과가 어찌 되었든 지금 이 순간에 사랑하는 그 대상과 함께하는 마음, 내가 사랑을 쏟아붓고 싶다는 마음이 중요한 것이 아닐까 생각했다. 나는 이 원칙을 사랑에 있어서만큼은 깨고 싶지 않았다.

사랑하기 때문에, 상대방을 너무도 헤아리기 때문에 헤어진다는 것은 두 사람 간의 충분한 대화나 사랑의 확인이 없기에 벌어지는 일이 아닐까 생각했던 것이다. 때문에 '사랑은 돌아오는 것'이라는 대사도 크게 와닿지 않았다. 사랑이란 지속성이 있는데, 중간에 지속성을 잃었다는 것은 곧 처음부터 사랑하지 않았거나 사랑이라고 착각했던 부분이 아니었을까 싶었다. 사랑하는 관계임에도 불구하고 더 긴밀하게 나아가지 못한 채 머뭇거리거나 심지어 헤어지는 결정을 하는 사람들에게 나는 물어보고 싶었다. '사랑'에 대해서 각자 어떻게들 정의하고 있는지 말이다.

나의 사랑은 직진만 있었다. 일단 사랑하기 시작했으면 사랑을 위해 앞으로 나아갔다. 내가 남녀 사이에 놓여 있을 때에는 상대방이 먼저 고백할 때까지 기다리지 않았고 늘 좋아하는 마음을 표현했다. 친구와의 관계에서도 좋아하는 이에게 바라는 것 없이 주는 쪽을 택했다. 내가 생각하는 사랑이란 그래서 어쩌면 가장 이기적인 마음과도 같았다. 내가 좋아하는 것에 최대한 열심히 집중했기 때문이다. 나는 일과 결혼을 모두 해보고서야 사랑에 대해 조금 다른 생각을 갖게 됐다. 어쩌면 사랑이란 헤어질 수도 있고 돌아올 수도 있겠다는 생각이 들었다. 그리고 그때 나는 동물을 사랑한다는 것에 대해 생각했다. 마침 그 시점에 반려견 고동이를 입양했다. 고동이를 생각하고 사랑하면서 그들에 대한 온전한 사랑이 무엇일까를 원론적으로 고민하기 시작했다.

먼저 동물을 사랑하는 일은 내가 지금까지 해왔던 사랑의 모양과는 다르게 접근해야 했다. 예를 들면 이렇다. 고동이와 함께 산책을 하다 보면 삶의 신기한 장면들을 만난다. 반려견이 보호자와 닮은 모습이 그렇다. 어느 때는 같은 모양으로 염색한 보호자와 반려견을 보기도 한다. 같은 옷을 입는 것은 흔한 모습이다. 보호자와 반려견의 모습을 통해 사랑하면 닮는다는 말이 무엇인지 한 번 더 와닿는다. 생김새만 닮는 것이 아니다. 산책하는 보호자의 표정이 무엇인가 고민에 빠져 있으면 반려견의 발걸음도 무거워 보인다. 반려견의 눈높이에 맞춰 이것저것 설명하며 산책길을 걷는 보호자도 있다. 그런 반려견은 코가 반짝반짝하며 세상의 모든 것이 궁금한 눈빛으로 발걸음을 옮긴다. 보호자는 반려견이 원하는 것이 무엇일지 생각하며 자신의 모양과 방법대로 그들을 대한다.

산책을 하다가 발걸음을 멈춰 마음껏 세상의 냄새를 맡게 하는 일은 내가 가야 할 길이 아니라 반려견이 가고 싶은 길, 맡고 싶은 냄새를 맡게 하는 일이다. 이 모든 행위는 사랑하기 때문에 할 수 있는 일이다. 반려견과 함께하는 것이 더 가치 있고 의미 있는 일이라고 생각하는 어떤 부부의 삶은 반려견이 인간과 함께 살아갈 수 있는 모든 환경을 갖춘 후에 조금은 불편하게 인간의 삶을 영위한다. 그러나 그 '불편'이라는 단어가 그들에게는 단순히 불편이 아니며 그저 서로 조율하는 삶이라고 정리한다. 이 모든 출발은 인간이 사랑하는 반려견을 위한 일로 시작한 일이며, 그런 일들을 반복하며 살아갈 때 서로가 살아가는 환경은 비슷해진다. 물론 모습이 닮아가는 것은 당연하다. 닮았다는 것은 서로 사랑하는 것에 대한 증거나 다름없다.

나는 나의 반려견 고동이를 통해 사랑의 지평을 넓혔다. 사랑하면 헤어질 수도 있는 것. 사랑하면 놓아줄 때도 있는 것. 사랑하면 본연의 자리로 되돌려줘야 할 수도 있는 것. 나와 닮아가지만 결국엔 서로 다름을 인정하는 것. 내가 사랑하는 마음을 쏟아붓는 것만이 사랑의 모양은 아니라는 것. 내 방식의 사랑 표현보다 때로는 네가 나에게 전하는 사랑 표현에 귀를 기울이고 잠잠히 기다리는 것. 이 모든 것이 사랑이라는 단어로 말할 수 있음을 알았다. 신기한 것은, 우리들은 동물을 이해하고 사랑하는 과정으로 인간의 사랑에 대해서도 진지한 고민을 이어간다는 것이다. 결국에 생명을 대하고 사랑하는 과정 안에는 연속성이 있기 때문이다. 동물을 사랑하는 과정은 삶의 방식과 모양이 다른 누군가의 삶에 대해 판단하지 않고 사랑할 수 있는 마음의 여유를 갖게 한다. 나와 다른 사랑의 모양에 오해하지 않고 지켜보는 것. 요동하지 않은 채 열심을 다하고 있는 그 행동은 사랑을 조금 더 다른 모양으로 실현할 수 있게 하는 동기와 같은 것이다.

실제로 동물들의 세계에서는 '기다리는 사랑'을 꽤 많이 찾아볼 수 있다. 어미가 새끼를 낳은 후 새끼가 스스로 걷기를 기다리는 일. 무리에서 떨어진 한 생명을 온 무리가 뒤를 돌아보지 않은 상태에서도 눈치채고 같은 자리를 계속 맴돌고 있는 일. 절벽 아래로 떨어져야만 날갯짓을 할 수 있는 어떤 새의 가족은 이제 막 도움닫기를 하려는 아기 새를 몰아세우지 않고 몇 번의 시도를 지켜보고 있는 일. 이 모든 기다림의 과정은 생명들 서로가 온전하게 자기 자신으로 살아가기를 응원하는 마음이 담겨 있는 것은 아닐까. 동물들에게 이 마음이 본능이라는 점에서 인간이 사랑이라고 정의하는 관점이란 얼마나 지협적이었는가를 알 수 있다. 내가 사랑이라 믿고 있던 감정의 요동침을 잠잠히 하고 상대방이 온전해지기를 바라는 것. 그것이 진정 사랑이라는 것을 동물들은 알려준다.

인간은 얼마든지 동물을 지배하고 인간이 원하는 방향대로 동물을 제어할 수 있는 도구들을 갖추고 있지만, 인간이 동물의 모습대로 살아간다면 인간은 더 이상 포식자가 아닌 포획자로 전락할 것이 분명하다. 막대기 하나 갖고 있지 않은 사람에게 야생과 자연은 무시무시한 존재이기 때문이다. 인간은 이토록 아무것도 할 수 없는 존재임과 동시에 무엇이든 할 수 있는 존재가 되는데, 여기서 우리가 기억해야 할 것은 사랑이라 정의하는 모든 것들에 대해서도 우리는 아무것도 갖고 있지 않고, 그래서 모든 것을 잘 갖추고 있다는 이 아이러니한 마음들을 잘 들여다봐야 한다는 것이다. 맛있는 것과 맛없는 것이 눈앞에 놓여 있을 때 두 가지 모두 순서대로 먹을 수 있는 선택권이 있다면 눈에 보이는 것부터 먹을 수도 있고, 순서를 정할 수도 있고, 아니면 아예 먹지 않기를 선택할 수 있는 것이 인간이라는 점이다.

우리가 동물을 사랑할 때 동물과 같은 완벽한 마음을 가질 수는 없지만 (물론 비슷해질 수 있고 충분히 헤아릴 수 있는 능력이 인간에게 있다고 생각한다) 동물의 입장과 동물의 발걸음에 충분히 맞춰 갈 수 있는 능력이 얼마든지 갖춰져 있음을 잊지 않아야 한다. 내가 오랜 세월 사랑에 대하여 갖고 있었던 고정관념이 어느 순간 다른 방법으로 생각을 전환할 수 있었던 것은 내가 동물이 아니라 인간이기 때문에 가능했던 것이다. 그렇기에 나는 오늘날 우리가 지구에 펼쳐진 수많은 문제들 앞에 좌절하지 않고 보다 더 다양하고 새로운 관점의 사랑으로 그것들을 바라볼 수 있어야 한다고 확신한다. 다만 나는 이와 같이 사랑에 대한 열린 마음에 동의하는 사람들이 더 많아지고, 사랑에 대한 다양한 이야기가 펼쳐지는 장 역시 많아지기를 바랄 뿐이다. 나아가 내가 조금 더 다양한 모양의 사랑으로 바라볼 수 있게 된 동물들을 생각할 때 그저 그들의 방식대로 살아가는 삶이 온전하게 보장되기를 바랄 뿐이다.

결과적으로 사랑이란 돌아올 수도 있고 헤어질 수도 있으며 그렇지 않을 수도 있는데, 이 모든 사랑은 나로부터 시작하는 것이 아닌 사랑하는 대상을 진정으로 사랑했을 때 답을 내릴 수 있는 질문들이었다. 나는 진정한 사랑을 꿈꾼다.

옆자리에서 움직이는 것

플라톤은 자연에 대한 철학적 논쟁을 한 후에 언제나 결론을 자연 안에 두지 않고 이데아를 언급했다. 자연으로 설명할 수 있는 모든 것을 마친 후에도, 결과적으로 우리가 원하고 상상하는 자연은 이데아에 있다는 것이다. 플라톤의 이론은 후대 수많은 철학자의 생각에 겹쳐 어떤 시대에는 힘을 잃기도 하고 또 어떤 시대에는 가장 의미 있는 이론이 되기도 했다. 인간사 또는 자연의 섭리를 설명할 때 우리의 이성으로는 도저히 이해되지 않는 영역에서 플라톤의 이데아는 언제나 '답정너' 같은 결론이었다. 어쩌면 그것은 '결론을 내지 못한 결론'일 수도 있는데, 이 '결론 없음'으로 인해 우리는 삶의 위로를 얻고, 때론 무언가 풀리지 않는 인생의 숙제에 대하여 잠잠한 답을 얻은 것 같은 생각이 들게 한다. 모양은 조금씩 다르지만 종교는 언제나 이데아를 언급한다. 지금 내가 이데아에 대해 생각하노라면 우리의 삶에 대한 고통이 끊어지는 날이 바로 그 이데아에 있지 않을까 하는 기대를 가져볼 뿐이다.

기대란 희망과 비슷해서 우리를 살게 하는 힘이 된다. 최근에 했던 나의 기대를 떠올리자면, 그 모양이 참 볼품이 없었다는 생각에 부끄럽기만 하다. 그러나 그런 작은 기대들이 우리를 살게 한다. 이건 놀라운 일이다. 어쩌면 우리는 이 작은 기대에 대한 맛을 보았기 때문에 더욱더 달콤하거나 보다 더 큰 기대와 희망, 이런 것들이 애초에 처음부터 없었을지라도, 그래도 분명 어디엔가는 있지 않을까 하고 다시 반복해서 마음을 다잡고 있는 것은 아닐까. 그리고 그런 기대가 우리를 살게 하는 원동력이 아닐까. 플라톤의 이데아가 아직도 수많은 철학자들과 희망을 품은 사람들에게 영향력이 있는 이유는 바로 이 때문일 수도 있을 것 같다. 삶의 원동력, 삶에 대한 기대, 그 어디엔가 있을 우리의 아름다운 종착지.

'기대' 하면 떠오르는 사람이 있다. 그 사람을 만났을 당시에는 내가 태어나 처음 사랑이라는 단어를 고민했던 시기였다. 내가 좋아하는 그 사람이 오늘 이 자리에 와줬으면 하는 기대, 언젠가 그 사람과 꼭 한 번 가보고 싶은 장소, 함께 먹고 싶은 음식. 나는 사랑이라는 거창한 단어를 쓰기 전에 좋아하는 누군가를 생각하며 끊임없이 기대했던 것 같다. 아주 사소한 것부터 미래의 모든 일까지. 생각으로만 품었던 그 기대들이 점차 실현되는 날엔 사랑이라는 단어가 조금씩 구체적으로 변했다. 눈에 보이지 않는 사랑의 모양에 대해 나름대로 그리기 시작했다. 기대는 사랑으로 변했고, 그 모든 것이 가능했던 이유는 내 옆에 그 사람이 있었기 때문이다. 언제부터 결정된 운명인지 모르겠지만, 인연이라는 끈으로 연결된 우리는 서로가 옆에 있는 사실을 인지하며 새로운 기대를 함께 만들어 갔다. 그것이 사랑이라는 모양이라고 믿는 믿음으로. 어쩌면 우리에게는 우리도 모르게 생각했던 우리 안의 이데아가 있었을지 모른다. 그 누구도 알려주지 않았지만 서로를 통해 만들어진 이데아. 이 세상에 그 어디에도 없는 우리만의 이데아가 작고 큰 인생의 순간들에 펼쳐져 있다. 나는 이것이 우리가 서로를 사랑하기 때문에 형성된 세계라고 생각한다. 그리고 그것은 언제나 살아 있음을 전제로 한다.

살아 있다는 것은 무엇일까. 움직이는 것일까, 생각하는 것일까, 아니면 자연이 만들어 놓은 질서에 순응하며 사는 것일까. 살아 있다는 것에 대한 진지한 철학적 논의를 하자면 지면이 너무 부족할 듯하다. 나만의 살아 있음에 대한 생각이 바로 우리를 사랑하는 존재로 이끈다는 것에 대한 이야기를 해보면 어떨까. 나는 인간으로 태어난 우리가 살아 있음을 생각할 때 언제나 동물과 함께하는 삶을 이해해야 한다고 생각한다. 인간은 지구상에서 유일하게 자연과 독립적으로 살 수 있는 존재라고 착각하기 쉬운 동물이다. 인간은 자신들이 자연과 동떨어진 공간에서도 살 수 있다고 믿기 때문이다. 생각해 보면, 아침에 일어나 우리가 바라보는 건 하늘이 아니라 스마트폰이나 노트북 화면의 메일 창일 수 있는데, 그렇게 자연과 동떨어진 감각으로 살아가면 언젠가 자연을 망각하게 된다. 그러나 우리의 지붕은 언제나 하늘이며 우리가 딛고 서 있는 곳은 땅이다. 우리는 지구 안에 있을 뿐, 그 어디에 따로 존재하지 않는다. 나는 우리 곁에 숨 쉬는 동물들이, 더 가까이에는 우리의 반려동물들이, 인간이 자연 안에 있을 때 생명으로 존재한다는 것을 인식하게 한다고 믿는다.

예를 들면 이렇다. 인간사는 갈등의 연속인데, 어느 날 그 갈등이 정말 고조되는 시점에 이르렀을 때, 우리는 수많은 말로 상대방의 마음에 상처를 입힌다. 말은 또 다른 말을 낳고 그 말들은 알 수 없는 괴물의 형태로 남는다. 이상하게도 그 말은 사람의 머릿속에 온종일 맴돌아 영혼을 갉아먹기도 하는데, 그러다가 그 말이 물리적인 힘을 가질 때 목숨을 잃게도 하는 무서운 일들이 생긴다. 나 역시 누군가의 말로 인해 상처를 받을 때도 있고, 나의 마음과 별개로 말들이 오해를 만들어 낼 때도 있는데, 그런 갈등 상황에 내가 잠잠히 바라보는 것은 우리 집 강아지의 눈빛이다.

나와 함께하는 동물은 말을 하지 않는다. 표정과 행동, 몸짓으로 기분을 표현한다. 표현하고자 하는 감정의 스펙트럼도 다양하지 않다. '좋은데 슬프다' 또는 '마음이 조금 쓰리지만 괜찮다' 이런 복잡한 감정 따위는 표현하지 않는다. 그저 좋고 싫고, 무섭고 편안하다는 것이 전부다. 이렇게 한 단어로 표현할 수 있는 감정들은 말이 아닌 존재 자체로 표현되는데, 그 감정이 고스란히 전달되는 지점에서는 인간인 내가 이토록 복잡한 마음으로 세상을 대할 필요가 있을까 하는 생각이 든다. 단 하나의 단어로 설명할 수 있는 감정들만으로도 지구 안에 살아가는 우리는 소통이 가능할 것 같기 때문이다. 살아 있다는 것은 말을 하는 존재를 넘어 느끼는 존재라는 점을 인지하는 순간이다. 꽃은 꺾이면 시들고, 동물은 버려지는 순간 삶의 의욕을 잃는다. 생명은 지구로 연결되어 있음을 알고 생김새가 다르지만 생명으로 하나라는 점을, 그리고 그 하나 된 존재들은 분명 살아 있음을 인식해야 한다. 인간이 환경에 대한 문제의식을 진정으로 각성할 수 있는 본질적인 지점은 우리 옆에 있는 존재들이 생명임을 알아차리는 순간이라고 생각한다.

너와 나는 다르지 않다는 사실. 네가 없으면 나도 없다는 공동체적인 인식. 사실은 모두가 하나의 연결 고리 안에 있으며, 그래서 서로가 서로에게 필요 이상의 필요함으로 존재한다는 확신. 우리에게는 그런 확신이 필요하다. 인간은 말이 너무 많아서 말을 하지 않는 생명에 대해 생명의 가치를 부여하지 않을 때가 있다. 그러나 우리가 사는 지구란 신이든 과학이든, 그 어떤 것이 만들어낸 세상인지는 모르겠지만, 우리는 서로를 벗어날 수 없는 하나 된 공동체에서 함께 살고 있는 존재라는 사실을 잊지 않아야 한다.

'사람들이 움직이는 게 신기하다' 어떤 대중음악 가사가 그렇듯 나도 그렇다. 움직이는 사실을 무엇으로 설명해 낼 수 있겠는가. 움직이는 법에 대해 그 누구도 알려주지 않았다. 움직이기 시작한 그날부터 우리는 이 세상에 존재하지 않는 이데아를 생각해 내는 대단한 생명체가 되었지만, 가장 근본적으로 움직이는 오늘에 대해 글을 쓴다면 어떤 단어들로 표현할 수 있을까. 그저 신기하다는 단어를 반복할 뿐이지 않을까. 신기한 지구. 움직이는 서로를 보며 이 세상에 그 어떤 것도 독보적인 것은 없으며, 모두가 생명으로 동일하다는 점을 이해한다. 인간인 우리가 할 일은 끊임없이 움직이며 서로의 움직임을 존중하고 때론 사랑하는 일일 것이다. 우리는 그런 존재로 태어났다는 것에 나는 전적으로 동의한다.

생명으로 우리는 귀엽다

위기의 헤아림

"무엇인가를 믿는다는 것은 그 무엇인가를 인지한다는 뜻이다. 그렇기 때문에 이 질문을 생각할 때 여러분과 같은 '사람'을 떠올리지 말고, 욕구와 믿음 등을 바탕으로 행동하는 행동 능력과 지각 능력 사이에 개념적인 인간관계가 있는지, 그래서 지각 능력을 갖고 있지 않은 생명체는 행동 능력을 가질 수 없는지, 아니면 가질 수 있는지만 집중해야 한다."

이 글은 셸리 케이건이 동물에게도 도덕적 입장을 취해야 하는가, 하는 명제를 풀어가기 위해 철학적 질문에 대한 해답을 찾는 과정에서 도출한 중간쯤의 결론이다. 내가 이를 중간쯤의 결론이라 말하는 것은 도덕적 입장을 취하는 문제가 과연 동물에 대한 존재론적인 입장을 어떻게 취해야 하는지 아직까지는 완벽한 답변으로 와 닿지 않았기 때문이다.

그러나 나는 이쯤에서도 짐작은 한다. 인간이 사회를 영위하고 있는 질서란 차별적 관계로 형성되어 있으며, 몇몇 기득권과 자본의 권력은 이를 더욱 공고히 하려는 노력을 지금도 쉬지 않고 있다는 점이다. 이렇게 형성된 사회의 차등적 관계는 자신의 위치가 권리를 행사함에 있어서 어떤 제약이 있는가를 직간접적으로 체감하는데, 이것이 생을 위협하는 단계에까지 이르면 사회적 문제로 이슈가 되기도 한다. 인간은 자신이 존재함을 증명하는 과정에서 그 존재함이 위협당하거나 평가절하 되는 점을 가만히 두고 보지 않는데, 이런 움직임이 바로 인간이 동물과 다른 점이다. 인간이 가지고 있는 생각을 움직임으로 발현시킬 수 있다는 점은 때로 인간을 위기의 존재로 내몰기도 하는데, 나는 그런 마음에 대한 경계를 할 수 있는 존재도 인간이라 믿기에 절망 가운데 희망을 놓지 못하고 있다.

인간은 권리를 말할 수 있는 존재다. 이것이 동물과 다른 점이다. 동물은 그저 존재함으로 존재할 뿐이다. 그 존재에 대해 자신들의 이야기를 하지는 않는다. 인간은 '자신의 존재가 어디에서 왔는가'라는 점을 생각한다. 다른 이들과의 비교도 가능하다. 자연이 만들어 놓은, 변하지 않는 똑같은 원리로 세상에 태어나 생명으로 살아가고 있는 육신으로 살아가다 보면 인간은 어느 시점에 사회가 만들어 놓은 질서에 조금씩 의문을 갖게 된다. 말 그대로 태어난 행위의 모습은 모두가 동일하나 태어나고 살아가는 방법에서 우리가 차등적 삶을 경험하기 때문이다. 사회가 달라지기만 한다면 존재로 평등한 세상은 가능한 일이 아닐까를 생각한다. 세계의 역사로 본다면 백인에게 억압당한 흑인의 역사가 그랬을 것이고, 우리의 역사로 본다면 가문과 출신의 이름으로 사람의 존재를 구분 지었던 조선과 그 이전의 역사를 예로 들 수 있을 것이다. 시간이 흘러 존재의 규명에 대해 투쟁

했던 사람들은 그들의 권리를 피로 증명했고, 수많은 사람들의 죽음과 반복된 비극으로 오늘날 조금이나마 존재로 평등한 인간 사회를 만들었다. 이토록 잔인한 세계의 역사를 딛고 왔음에도 불구하고 아직 우리는 그 존재로 인정받는 세상을 갈망하는데, 이 사실은 지구의 역사보다 짧은 인간의 역사가 아직도 가야 할 길이 많이 남아 있음을 알려준다.

이처럼 복잡한 인간사의 이야기는 언제나 자연의 섭리와 동떨어져 있다. 있는 그대로 태어나고 죽고, 위에서 아래로 떨어지는 물과 계절에 따라 변하는 산의 모습과 다르게 인간은 본연의 모습을 역행하려 한다. 인간의 욕망이라 부르는 이 모든 것들은 자연과 함께 살기를 거스를 뿐만 아니라, 결과적으로 슬프고 어리석은 역사를 또다시 짊어져야 한다는 인식을 망각한 채 그 욕망을 계속해서 실현한다.

한때 나는 기술의 발전에 대해 긍정적으로 생각한 적이 있었다. 계속해서 혁신하고 혁명하는 인간의 지적인 능력에 대해 그야말로 찬사를 보내기도 했다. 지금 내가 컴퓨터로 나의 생각을 입력하는 모든 과정이 인간의 지적 능력에 대한 놀라운 결과물이라면 이 모든 것을 이룩한 인간의 지성과 역사에 박수를 보내지 않을 수 없다. 편리하고 쉬운 방법으로의 발전은 언제나 매력적이다. 우리는 끊임없이 그 욕망을 채우기 위해 무엇인가를 발전시키고 보이지 않는 영역을 구체화하며 만들어낸다. 그러나 이런 생각이나 움직임에 끝이 있을까? 나는 언젠가부터 이 모든 것에 대해 제자리 걸음도 괜찮겠다는 마음이 들었다. 계절이 반복되고 태양이 같은 자리에 뜨고 지고를 반복하는 것처럼 조금 더 무엇이 되지 않아도 같은 일들을 반복하거나 지금과 같은 세상이어도 괜찮다는 생각과 마음이 인간의 생각에 남겨졌으면 하는 마음이었다.

내가 처음 사용했던 휴대전화는 '아이폰 3G'였다. 당시 애플이 아이폰을 출시한 이후 우리나라에서도 대중적으로 사용되었던 스마트폰이었는데, 비싼 가격은 물론이고 유려한 디자인에 다양한 기능까지 있어 모든 사람들은 아이폰에 열광했다. 사람들은 그것을 기술의 혁명이라 했다. 시간이 흘러 아이폰은 더 놀라운 모습으로 변화했고, 스티브 잡스가 떠난 이후에도 그 변화는 멈추지 않고 있다. 스마트폰으로 어떤 작업을 하다가 어느 순간 작은 오류가 나는 것 같으면 휴대전화를 바꿀 때가 됐나 싶어서 새로운 휴대전화를 검색해 본다. 벌써 열몇 번째에 대한 아이폰 정보가 공개되어 있다. 나는 진정으로 궁금하다. 나의 첫 휴대전화 '아이폰 3G'에 대해 나는 정말 완벽한 적응을 끝낸 후 지금의 스마트폰을 사용하고 있는 것인가.

우리는 나아가는 사회에 대해 박수를 보낸다. 인간의 위대함을 이러한 문명기기의 발전이 증명하고 있는 거다. 우리는 비행기로 지구 어디든 갈 수 있고, 가상현실이라 불리는 곳에서는 무엇이든 될 수 있고, 본래의 모습으로 존재하는 '나'에 대한 존재의 규명 없이 오직 관계로 형성된 '나'에 대해 생각한다. 그래서 그 관계가 흔들리기라도 하면 위로와 공감을 찾느라 급급하다. 새로운 관계를 형성하며 살아가는 인간의 모습이란 무언가 위대함으로 표현하지만 위태로워 보인다. 그것은 인간의 위대함이라 불리는 모든 영역에서 가려진 헤아림의 영역이 상실되었기 때문이라고 생각한다. 하나의 피라미

생명으로 우리는 귀엽다

드가 형성되기 위해서는 가장 밑에 있는 반석이 튼튼해야 한다. 단단한 반석 위에 세워진 그다음의 위층은 또 그 위에 쌓일 또 다른 존재를 위해 나름의 단단함으로 보호를 받아야 한다. 가장 위층에 존재하는 한 조각은 아래의 모든 조각들이 서로를 지탱하는 단단함으로 존재하기 위해 가장 본연의 모습을 유지하도록 살펴야 한다. 누군가의 보호와 또 누군가의 보호로 우리는 서로가 안전해진다. 그러나 인간인 우리는 그 밑을 살피고 있는가. 우리 안에서도 또 다른 피라미드를 만들어 안전한 기둥을 세우지 않고 서로가 높아지려고만 하지 않는가. 새로운 스마트폰을 습득하기 전에 이전에 우리가 사용하고 있었던 스마트폰의 기능들을 완벽하게 사용하고 있는가. 앞으로 나아가려고 애를 쓰다가 신발끈이 풀려 있음을 인지하지 못하고 그저 뛰기를 반복해 넘어질 날이 곧 올 수도 있지 않을까.

존재하는 그 무엇인가에 대한 권리를 규명하기 위해 인간은 목소리를 높인다. 때로는 인간이 가져야 하는 가장 기본적인 일, 의식주를 포기하면서까지 그 권리에 대해 이야기한다. 이 권리는 목숨과도 바꿀 수 있을 만큼, 인간이 인간으로 살아가기 위한 기본적인 영위와도 같은 것임을 증명하는 행위이다. 앞으로 더 나아가지 않아도 괜찮다고 생각한다는 것은 지금까지 우리의 삶을 지탱해 왔던 것들에 대해 조금 더 진지하고 완벽하게 다가간 후에 나아가도 늦지 않겠다는 이야기와 같다. 이것은 인간이 인간보다 연약하다고 느끼는 모든 생명에 대해 돌아보거나 그들의 질서를 완벽히 이해하려는 노력이 선행된 후에 조금 더 나은 세상으로 나아가려는 노력을 해도 늦지 않다는 의미와 같다. 그러나 아이러니한 것은 조금 더 나아가는 세상은 우리가 나아가지 않을 때에만 도달할 수 있다는 사실이다. 인간이 세상을 지배하고 지구의 그 어떤 존재들보다 유능한 존재로 살아가기를 원하는 중이라면 우리가 딛고 있는 세계에 대해 조금 더 진지한 탐구가 선행되어야 할 것이다. 그들의 존재를 헤아리지 않고 그저 내닫기만 하는 미래는 위기일 수밖에 없다.

쉬운 동물복지에 대하여

'작가님께서는 그럼 확실한 비건이세요? 저희가 주최하는 이번 행사는 비건 또는 비건 지향의 분들을 모시고 있습니다.'

우리 지역에서 열리는 한 축제에서 나에게 보낸 메시지다. 나의 가치관과 삶의 내용에 대해 공유하고 싶은 장이 필요했던 나는 먼저 우리 지역의 다양한 커뮤니티에 나를 소개하기로 했다. 나의 첫 산문집을 홍보하기 위한 목적도 있었지만 그보다 나의 '다음 작품'이 더 많은 사람들에게 가 닿았으면 하는 마음에서였다. 나의 첫 산문집은 나의 이야기였다. 그동안 보이지 않는 곳에서 누구보다 더 치열하게 살고 있는 작가로, 한 사람으로 존재하는 '나'를 세상에 알리고 싶었던 것이 나의 첫 책 <읽기의 의미>였다. 이 책을 읽었다면 알 수 있지만 이 책 속에 있는 글들은 앞으로 내가 어떤 글을 쓸 것인지, 어떤 삶을 살아갈 것인지 세상에 선전포고를 하는 것과 다름이 없는 글이다. <읽기의 의미>가 개인적이라면 개인적일 수도 있는 글이기에 나의 소중한 사람들을 제외하고는 책을 팔기 위한 큰 이벤트는 만들지 않았다. 나는 이 책으로 돈을 벌겠다는 생각보다 '나'라는 존재를 세상에 알리고 싶었던 마음이 더 컸기 때문이다. 유명해지고 싶은 것보다는 그다음, 또 그다음, 또 그다음의 나 다운 글을 계속해서 쓸 수 있는 존재로 살아가고 싶은 마음이었다. 물론 요즘 출판 시장도 자본의 힘으로 움직이는 경향이 있어서 책 속에 알맹이 같은 내용이 없더라도 돈으로(또는 돈이면) 움직일 수 있지만 나는 돈도 없을뿐더러 나의 인생을 담은 이 글을 고작 돈으로 움직이고 싶지 않았다. 자연스럽게 지낸 과거의 날들처럼 앞으로의 날들도 자연스럽게, 나의 부족함과 또 충만함이 있는 그대로 내 삶에 발현되기를 바랐다. 감사하게도 나의 글은 내가 예상하지 않는 방향으로 흘러가고 있다. 책을 읽을 것 같지 않은 사람들이 내 글을 읽었고 이를 시작으로 또 다른 글을 읽었다는 후기를 듣기도 한다. 참 감사한 일이다. 누군가는 조용히 누군가는 온라인에서 저마다의 감상을 남겨주었다. 나는 이 모든 것이 나를 떠나 이제는 어떻게, 어디로 갈지 모르는 문장들이 내 삶을 원치 않는 방향으로 이끌어갈 수도 있겠다는 생각을 한다. 그러나 이토록 불확실한 열린 결말이 현재를 살아가는 나를 설레게 한다. 다시금 새로운 꿈을 꾸게 한다. 내가 진짜 하고자 하는 이야기를 쓰게 될 날들이 이제 나의 인생에 더욱더 성큼성큼 와 줄 것을 기대하며 믿고 있다.

나의 첫 산문집 안에는 '나는 앞으로 동물에 대해 이야기를 하게 될 것이다'라는 글이 담겨 있다. 내가 동물에 대해 쓰고자 하는 이유는 많은 사람들이 간과하는 문제이지만 그것이 곧 우리 사람을 위한 이야기이기 때문이다. 인간이란 존재 의식에 대하여 자연을 외면하고 동물과의 삶을 동떨어진 것이라 규정하는 순간 인간은 곧 파멸의 길로 가게 될 것이 확실하기 때문이다. 자연은 스스로 살아남지만 인간은 자연에 기대지 않고는 결코 살아갈 수 없는 존재이기 때문이다. 자연을 거슬러 문명을 만든 인간은 신보다 조금 못한 존재임을 과시하며 저 높은 하늘까지 올라가는 건물을 쌓아 올리거나 자연의 평야를 인간이 발로 밟기에 편안한 길로 만들기 위해 굴곡을 모두 없애는 등의 역사는 지금 우리의 삶에도 연속성을 갖고 있다. 그러나 해와 달의 움직임과 지구가 공존하는 자연의 힘 앞에 높은 건물과 평평한 땅도 한순간에 속절없는 바벨탑이 된다. 무뎌진 인간의 편리함을 바라보고도 자연은 오랜 시간 잠잠했었다. 그러나 지금은 자연도 어찌할 바를 모르고 있는 것만 같다. 인간이 파괴한 날들에 대해 자연은 아주 오랜 시간 침묵해 주었고 지금도 스스로 회복하기를 멈추지 않는다. 인간의 욕심은 그런 자연의 시간을 기다리지 못하고 또다시 인간 만의 시간을 창조해 내려 한다. 그러나 인간의 이런 조급함으로 끝내 회복하는 힘을 잃게 된다는 사실에 대하여 우리는 이제 지체 말고 알아차려야 할 것이다.

나는 사람들의 조급함이 조금 버겁게 느껴질 때가 있다. 육식을 하는 인간이 육식을 쉽게 하기 위한 시스템을 만들게 된 모든 과정이 너무 빠르게 발전한 것에 대하여, 또 반면에 육식이 만연한 이 세상에서 아이러니하게 사람들의 인식과 생각을 채식으로 바꿔야겠다는 어느 채식주의자들의 움직임에 대하여. 무엇하나 서로가 서로를 조율하려 하지 않고 서로를 비난하며 혐오하는 등의 모습으로 발현되는 모든 과정이 슬프게 느껴진다. 나는 모든 것이 자연의 시간에 우리의 리듬을 맞추지 않고 인간의 조급한 생각과 그로 인한 시간에 이끌려가기 때문이라고 생각한다. '나의 것이 가장 옳다'라고 여기는 순간 오류를 범한다. 이것은 인간관계에서도 통용되는 말이지만 자연과의 관계에서도 마찬가지다. 인간이 이런 수많은 오류를 반복하는 과정에서도 자연은 잠잠히 기다려주기를 멈추지 않는다. 인간인 우리는 스스로에게 세우고 있는 옳은 기준들에 대하여 언제나 의심하기를 멈추지 않아야 할 것이다. 반드시 옳은 것이란 인간의 기대와 지구의 역사에 비하면 터무니없이 짧은 문명의 역사일 뿐이다. 어느 때나 생각의 변주를 가만히 두어서는 안 된다. 사실 내가 온전한 비건으로 가지 못하는 이유는 이와 같다. '과연 온전한 비건으로 가는 길이 옳은 것인가'라는 질문이 내 안에서 끊이지 않기 때문이다. 물론 비건을 실천하는 이들에 대해 나는 언제나 존경하는 마음을 보낸다. 스스로 그 질문에 대해 명확한 정답이 나온 사람들이라고 생각하기 때문이다. 결국에 인간이 오늘날의 지구에서 지향해야 할 점이 '비건'이라는 사실은 확실하지만 단순하게 이 방법만이 옳다는 것에는 아직 많은 의문점이 남아있다. 그러나 우리는, 그리고 나는 이런 흐름이 단순히 요즘 우리에게 유행하는 일에 그칠 것이 아니라 우리가 비건을 실천하는 이유와 타당성, 그리고 그로 인해 인간이 본연으로 나아가야 할 일들이 무엇인지 진지하게 논의하는 장이 정말 더더욱 많아져야 한다고 확신한다.

정확히 말하자면 나는 비건은 아니지만 '비건 지향'이다. 내가 추구하는 바는 고기를 구하는 과정이 지금 우리가 누리고 있는 시스템을 거슬러, 보다 더 어려워야 한다고 생각한다. 고기를 너무 싸게, 그리고 쉽게 구할 수 있는 현실은 부자연스러운 흐름이라고 믿고 있기 때문이다. 인간은 고기를 쉽게 구하기 위해 공장식 사육 시스템을 구축했고 죽기 위해 사는 동물을 그야말로 '생산'해 냈다. 동물은 생명권을 잃었으며 생명으로 존재하는 삶의 모습을 잃었다. 대한민국이 치킨 강국이라는 것은 그만큼 자연의 질서를 거스르고 있다는 반증이자 수치스러운 오명이다. 그렇다고 해서 우리가 치킨을 먹지 말아야 한다는 게 아니라 보다 더 어렵게 먹어야 한다는 것이 나의 주장이다. 모든 이들에게 주어진 생명이란 것은 인간이 창조할 수 없는 영역이다. 인간이 태어나고 죽는 모든 삶의 과정에서 주인공으로 살아가기를 꿈꾼다면 인간이 아닌 또 다른 생명에게도 그런 삶은 반드시 필요하고 보호되어야 할 부분이다. 보다 더 먼 미래를 생각하는 지혜로운 사람들이 비건을 적극적으로 실천하고 있다면, 자세히 지구의 모습을 직시하지 못하고 있는 평범한 자들이 해야 할 일은 쉽게 얻을 수 있는 것에 대해 돌아봐야 하는 자세가 아닐까.

시중에는 '동물복지'라는 타이틀을 앞세워 사람들이 동물을 죄책감 없이 먹을 수 있도록 한다. 물론 몇 천 원의 차이도 큰 차이지만 과연 동물복지의 타이틀을 당당히 붙일 만큼 동물복지에 대한 우리의 생각이 어느 정도에 서 있는가를 고민해야 할 때다. 과연 '동물복지'의 기준에 대하여 우리가 보다 더 많은 사람들과 진지한 논의를 거쳤는지, 동물의 입장과 상황 그리고 삶의 영역에 대해 고려했는가도 따져봐야 할 것이다. 아마 그렇다면 동물복지의 타이틀을 가지고 '먹을 것'으로 나온 동물들은 지금처럼 저렴할 수는 없을 것이다. 이것으로 우리가 사는 사회의 빈부격차가 더 벌어져서는 안된다. 고기를 먹는 자들과 먹지 않는 자들의 갈등이 더 커지는 것도 경계해야 할 것이다. 우리는 이제 진정한 동물복지를 논의하고 실천해야 한다.

내가 살고 있는 지역에서는 아이러니하게도 치킨 페스티벌과 비건 페스티벌이 동시에 열린다. 재밌는 것은 이 두 축제에 참가를 하거나 즐기는 사람들의 모습을 보면 묘하게 비슷한 사람들끼리 모이는 것만 같다. 패션도 말투도 심지어 눈빛까지. 어떤 축제가 더 옳고 필요하고 좋은 것인가 단 한 줄로 설명할 수는 없다. 그 안에 즐기는 사람들의 사연과 모습은 그야말로 저마다 다르기 때문이다. 그러나 우리 모두는 함께 생각해 볼 수 있다. 나의 축제로 다른 이들의 축제를 파괴하고 있지 않는지, 나의 생명을 온전케 하기 위하여 다른 생명을 간과하고 있는 것은 아닌지 말이다. 나는 저 사람들과 다르지하는 우월감으로 우리 사회에 보이지 않는 혐오를 내가 또다시 생산하는 것은 아닌가, 하고 돌아보아야 한다. 내가 결국 쓰고자 하는 것은 동물을 위한 글이지만 그것은 결국 사람을 위한 글이었으면 하는 마음이다. 내가 자연 앞에 아무것도 아님을 고백하는 일이며, 그렇기에 내가 비건이거나 비건이 아니거나 하는 문제는 중요하지 않은 문제이다.

유해하다는 착각

내가 처음 개와 한 이불을 덮고 같이 잠을 잤던 건 호주에서였다. 여중생시절 여름방학 어학연수를 다녀온 적이 있었다. 연수를 받는 동안 나는 한 가정에서 홈스테이를 했었다. 친절한 집주인과 자녀들, 그리고 함께 사는 반려견들과의 일주일이 지금까지도 아름다운 추억으로 남아있다. 함께 먹고 자면서 나는 짧은 시간 그들과 친해졌다. 그들은 저 먼 나라 한국에서 온 나를 따뜻하게 대해줬고 내 잠자리가 불편하지 않도록, 먹는 것이 힘들지 않도록 세심하게 신경 써줬다. 그들의 착한 마음씨는 언제고 어느 때고 느껴졌다. 나는 그것을 크고 작은 배려들 속에서 알아차렸고 덕분에 지금까지 호주는 나에게 좋은 기억으로 자리 잡고 있다. 이렇게 모든 것이 완벽했지만 한 가지 걸리는 것이 있었다. 개였다. 단독 주택이었던 그 집은 앞뒤로 작은 마당이 있었는데 마당에는 개들이 언제고 어느 때고 돌아다녔다. 기억을 더듬어 보자면 다섯 마리 정도였던 것 같다. 크기도 색깔도 다양했다. 나는 동물에 대한 거부감이 없어서 개들을 만나는 것이 불편하다고 느끼지는 않았다. 그러나 문제는 개들이 마당에만 있는 것이 아니었다는 데에 있었다. 그들은 개들과 한 공간에서 밥을 먹고 잠을 자기도 했는데, 나는 그런 광경이 어색했다. 호주에 오기 전까지 나는 동물을 밖에서만 만났기 때문이다. 우리 집 마당에 있는 개. 창고 끝에 위치한 개집에 있는 개. 이렇게 사람과 개가 머물러야 할 공간은 따로였기 때문이다.

호주에서의 첫날, 집주인 아저씨는 넓은 마당에서 스튜를 끓이고 있었고 아주머니는 야외 테이블을 예쁘게 꾸미고 있었다. 그것은 나를 환영하기 위한 자리였다. 모든 가족 구성원들과 함께 나는 마당에서 따뜻하고 맛있는 식사를 즐겼다. 아주 오랜 세월이 흘러도 그때의 장면들이 또렷하게 남아있다. 그날의 온기와 사람들의 표정이 기억난다. 약간 쌀쌀한 바람이 불었지만 춥지는 않았다. 몸속 깊은 곳으로부터 따뜻함이 채워졌던 느낌이 생생하다. 아저씨가 직접 끓인 스튜를 한 접시 먹으려는 바로 그 순간 그 집에서 가장 큰 개가 내 옆에 왔다. 내가 들고 있던 그릇을 코로 툭 치더니 옆에 앉았다. 나는 당황했고 내 표정을 본 가족들은 미소를 지었다. 큰 개가 나를 좋아하는 것 같다는 말을 하며 아주머니는 내가 이 개와 조금 더 친해지기를 바란다고 했고, 나는 '개의 말'을 해석하는 그들의 모습이 낯설고 신기하기만 했다. 문제는 그날 저녁이었다. 오랜 비행이었고 낯선 환경에 조금은 긴장했던 나는 금방 잠이 들었다. 호주에서의 모든 날들이 걱정되면서도 기대됐고, 사실 그런 생각보다 배가 너무 불러 저절로 더 많은 생각을 하지 못했던 것 같다. 다음날 아침 나는 깜짝 놀랐다. 개가 내 옆에서 자고 있었기 때문이다. 내가 깜짝 놀라며 거실로 나온 바람에 개도 놀라고 사람도 놀라고 아침 식사 자리에서는 온종

생명으로 우리는 귀엽다

일 그 이야기를 하게 됐다. '개와 같이 잠을 잔 이야기' 그때 쓴 나의 일기장에도 딱 그렇게 쓰여 있었다. '아침에 일어나 보니 개가 내 옆에 있었다.'

　사람이 있어야 할 곳, 개가 있어야 할 곳에 대하여 명확히 구분 지으며 살아온 나에게 그날의 경험은 꽤 충격이었다. 개가 사람의 공간으로 들어온다는 것은 한 번도 생각해 본 적이 없었기 때문이다. 그렇다면 나는 왜 개와 함께하는 생활에 대해 한 번도 생각하지 못했던 걸까. 그동안 어른들은 말했다. 내가 동물들에게 다가가려고 하면 '에이, 지지!' 어쩌다가 동물들의 몸을 쓰다듬어주면. '얼른 손 씻고! 절대 얼굴 만지지 말고!' 동물은 더럽고 유해한 존재였던 거다. 그런데 참 신기하다. 너른 밭에서 자라는 채소와 과일이 밖에 있어서 더러운 것이라면 깨끗하게 씻어서 먹으면 되는 일이 아니던가. 온 거리를 헤매다가 사람의 곁에 다가온 동물들을 마주하며 우리는 그들을 왜 피하려고만 했을까. 그들을 깨끗하게 하고 조금 더 세심하게 살핀 뒤에 언제든 곁에서 만날 수 있는 대상으로 생각했다면 나는 동물을 조금 더 인간과 가까운 존재로 생각했을 것이다. 그리고 호주에서의 그날 그렇게 소스라치게 놀라지 않을 수도 있을 것 같다. 물론 지금은 우리나라도 반려동물과 함께 사는 것에 대해 많이 익숙해져 있다. 개가 사람의 공간에 들어가고 어떤 곳에서는 고양이가 사람이 사는 한 공간을 차지하고 있는 경우도 있다. 이들을 위한 사회적 공공장소도 늘어나고 있는 추세다. 그러나 아직도 동물에 대하여 더러운 존재, 함께 할 수 없는 존재라고 생각하는 인식이 더 많은 것이 사실이다. 결국에 사람의 생각이 그들이 머물 수 있는 장소를 결정하는 셈인데, 동물이 다닐 수 있고 함께할 수 있는 공간에 대하여 동물의 입장이나 환경, 본능 등을 고려하지 않는 경우가 더 많은 것이 현실이다.

동물은 어디에 있기를 원하는가. 인간의 이성과 감성을 총동원하여 이 질문에 대해 고민하지 않는다면 동물은 그저 인간의 유희로 사용되거나 인간의 필요에 의한 장소에 머물 것이다. 인간이 동물의 탄생과 생명의 연속성에 대해 파괴하기만 할 뿐 그들의 생존에 관여하거나 생명으로 존중하지 않는다면 인간과 동물의 간격은 좁혀지지 않을 것이다. 그러나 과연 동물을 인간의 필요로 하는 일에 대하여 당위성과 합당함이 존재하는가. 나는 그럴 수 없다고 확신한다. 그것은 생명의 탄생에 대해 한 번쯤 진지하게 고민해 본다면 쉽게 나올 수 있는 결론이다. 그 어떤 인간도 스스로를 만들어내지 못한다. 그리고 그것은 곧 그 어떤 생명도 인위적으로 만들 수 없다는 의미인데 만약 그것이 오늘날의 생명과학으로 가능한 일일지라도 그렇게 태어난 생명에 대하여서는 생명의 정의를 다시 세워야 할 것이다.

'생명이란 무엇인가'라는 정의가 그렇다. 나는 인간은 누구나 자신의 의도를 벗어나 태어났다고 생각한다. 누구도 자신이 의도해 태어나지 않는다. 그렇기에 인간은 끊임없이 자신이 원하는 바를 찾기 위해 생을 채워나간다. 존재하는 이로 인정받고 싶은 욕구 때문이다. 이는 태어나면서부터 얻어지는 결핍, 즉 내 의도로 태어난 것이 아니기에 내가 생을 완성하기 위한 '나만의 의도'에 대하여 고민하고 이를 어떻게 채워나가야 하는가 라는 부분을 끊임없이 고민한다. 이 고

생명으로 우리는 귀엽다

민을 마침내 완성하는 철학자가 있을지 몰라도 모든 이들이 확실한 정답을 쥔 채로 생을 마감할 수 있을 거라고 여길 수는 없다. 다만 우리가 우리 생에 대한 의도를 끊임없이 탐구하려 할 때 다른 생에 대한 감수성을 저절로 떠올릴 수 있으며 이는 서로의 생에 대해 존중하는 방향성으로 나아갈 수 있다는 점에서 이 고민을 멈추지 않아야 한다. 이런 맥락에서 우리는 동물들의 생에 대하여 인간이 속단하며 판단했던 모든 부분에 대해 다시금 새롭게 적립을 해야 한다고 생각한다. 우리는 그 어떤 생도 창조할 수 없으며 만약 그렇다 하더라도 그 생이 영위되는 부분에 대해 인간이 기계를 다루듯 다룰 수는 없다는 의미다. 하고 싶은 것과 가고 싶은 곳이라 불리는 모든 것. 즉 '원하는 바'가 있는 생에 대하여 그 누가 '옳은 길'을 제시할 수 있단 말인가. 우리는 서로의 생에 대한 존중을 전제로 모든 생에게 '영위'가 가능하다는 조건을 달아 끊임없이 타인과 다른 존재에 대한 생에 대해 고민해야 할 것이다. 그 고민의 끝에는 무엇이 남을까. 모두에게 동일하게 던져진 생에 대하여 따스한 시선이 남을 것이다.

지금 나는 동물과 함께하는 공간에 대하여 거부감이 없다. 인간이 그토록 고수했던 깨끗한 존재라는 인식이 그 자체로 치우친 생각일 수 있다는 점에서 그렇다. 물론 이를 '어떤 존재에게 균이 더 많은가' 하는 과학적 문제로 접근하고 싶은 것은 아니다. 코로나에 걸린 사람이 음압병동에 격리되는 것에 대한 부분에 대해 논쟁해 보자는 것이 아니기 때문이다. 인간이 다른 존재인 동물에 대하여 그들이 머물러야 할 장소에 대해 생각할 수 있다는 것은 인간이 가진 특권이다. 인간에게는 동물이 온전히 살아갈 수 있도록 최선의 환경을 제공해 줄 수 있는 능력이 있다는 의미이기 때문이다. 동물에게도 동물이 원하는 생이 있다는 사실을 알아차릴 수 있는 것은 오직 인간뿐이다. 동물들은 그들의 세상을 위해 인간의 삶을 위협한 적이 없으며 인간이 인간 이하의 어떤 존재로 전락하기를 원한 적도 없었다. 이 사실을 인식할 수 있는 존재는 오직 인간이며, 인간이 동물과 함께하는 삶에 대하여 진정으로 고민하고 함께 살아가는 환경을 만들어낼 수 있는 것도 인간이다.

동물과 함께 살아가는 삶에 대하여 생각한다는 것은 지구상에 태어난 모든 사람들이 동물 애호가가 되어야 한다거나 반려인이 되어야 한다거나 하는 문제가 아니다. 그것은 인간이 인간으로 살아가는 방법에 대하여 최소한의 본질적인 고민을 소홀히 하지 않는다는 의미다. 인간과 다른 존재가 유해하다는 착각은 어디에서부터 시작됐는가. 그것은 인간이 영위하고 있는 지금의 것들에게서는 찾을 수 없다. 인간으로 탄생된 순간에 대하여, 우리가 앞으로 가야 할 그 종착지에 대하여 생각할 때 비로소 명확하고도 단순한 답이 나온다.

외로운 날들이여 이제는 안녕

'외로운 날들이여 이제는 안녕!' 박혜경의 목소리다. 그녀가 부르는 이 한 줄의 가사는 정말이지 고독하고 지독했던 외로운 날들이 끝날 수 있을 것만 같은, 그 무언가 싱그러운 새로움이 저 멀리서 다가오는 것 같은, 이렇게 수식어가 길 수밖에 없는 희망으로 가득할 거라는 착각을 하게 한다. 절망과 외로움이란 인간이 느끼는 가장 위태로운 마음이 아닐까. 피하고 싶고 저 먼 곳으로 내던지고 싶고, 감추고 싶은 외로움이라는 단어로도 설명할 수 없는 무언가가 여기 있다.

나는 대체적으로 나 자신이 솔직하다고 생각하는 편이다. 솔직함으로 인해 관계에 위태로움을 느낄 때도 있었지만, 위태로움을 극복하고 이겨낼 수 있었던 건 아이러니하게도 솔직함이었다. 어떤 이들은 절망 속에서 새로움을 찾기도 한다는데, 그건 너무 판타지 같은 이야기이고, 만약 그 새로운 방향성이라는 게 존재한다고 하더라도 소수의 사람들만 누릴 수 있는 특권 같아서 나는 함부로 절망 속에서 무엇을 발견했다느니, 하는 이야기는 듣고 싶지도, 하고 싶지도 않았다. 그래서 내 솔직함은 언제나 무기와 같았다. 힘들면 힘들다고 말하는 것. 절망 속에 있으면 나 지금 절망 속에 있으니 누군가는 애를 써서 나를 좀 건져 올려달라는 것이었다. 기쁜 일이라고 여길 만한 일이 생기면 (인생에 그런 경험은 아주 짧거나 찰나였지만) 그 마음까지도 솔직함으로 표현했다. 거의 전 재산과 다를 바 없는 돈을 기부한다거나, 사랑하는 사람과 밤새 그 행복했던 이야기를 나누거나, 어떻게 하면 이 행복한 일을 지속할 수 있을까를 고민했다. 그리고 실제로 그 일들을 조금씩 실천하기도 했다.

이성과 감성에 솔직함으로 충실했던 나는 모든 이들이 그럴 거라 생각했다. 술수와 거짓은 아주 나쁜 사람들만이 하는 일이라고 생각했다. 여기서 말하는 '아주 나쁜 사람들'이란 일단 내 주변에는 없으며, 있다고 하더라도 나와 나의 가족과 친밀한 사이는 아니며, 한때 친밀했다 하더라도 지금은 깊은 관계가 아니었다고 믿었다. 그러나 '아주 나쁜 사람들'이란 평범함으로 위장한 사람들이라는 걸 알았다. 이 사실을 알아차린 건 나의 잘못도 아니고, 나쁜 사람들이 되어버린 그 사람들의 잘못도 아니라는 걸 아는 데까지는 시간이 조금 많이 필요했을 뿐이다. 거의 대부분은 아주 나쁜 사람들이 되어가는 것을 정당화하기에 급급해하고 스스로가 그런 사람인지 알지 못한 채 변해간다. 그 변화의 단계에 외로움이 찾아온다. 나 이대로 나쁜 사람이 되는 건가 하는 실망감도 함께 밀려온다. 우리가 외면했던 우리의 나쁜 모습을 보는 날엔 세상을 이제야 이해하게 됐다며 체념하기를 반복한다. 조금은 달라질 수 없을까. 그저 나쁜 사람으로 나는 평범해져야 하는가.

언젠가 서점에서 만난 위로의 문장들도 이제는 지긋지긋해진다. 그 위로의 문장마저 돈을 주고 사라는 것 같아서, 이 세상에 쉽게 얻을 수 있는 건 없다고 말하는 것 같아서 또다시 씁쓸한 마음으로 서점을 나온다. 책이 아니라면 영화가, 영화 속에 멋진 주인공들의 짧은 대사가, 나쁜 우리를 조금은 괜찮은 사람으로 포장해 주는 것 같거나, '너와 같은 사람 여기 있어요'라고 동조라도 해주는 것 같은 날이면 '뭐, 나만 쓰레기는 아니네' 하며 근본 없는 안심을 마음에 간직하고 잠이 든다. 그리고 또다시 우리는 아침이다. 일상을 반복하며 조금 나쁜 사람이라는 사실을 인정하면서 살아간다. 그리고 외롭고, 그리고 어쩔 수 없다고 한다. 그리고 우리는 또 서점을 어슬렁거리며 위로의 메시지를 찾아 헤맨다. 돈을 주고 그 위로를 산다. 소화가 잘되지 않는다.

외로운 날들에게 정말 안녕을 고할 수 있을까. 내가 할 수 있는 가장 싱그러운 목소리로 말할 수 있을까. 살아온 날들을 생각해 보면 남은 날들도 얼마 남지 않은 것 같은데 그 세월 중 외로운 날들에게 안녕을 고할 수 있는 그때는 과연 언제 올 수 있단 말인가. 끝이 보이지 않는다. 같은 날들을 반복하고 있는 거라면 일단 목부터 풀어야 하나, 고민이다. 외로운 날들이여… 하다가 안녕을 하지 못하면 안 될 테니.

동물들도 외로움을 느낀다. 생명이 지닌 본성이다. 세상은 본래 만들어지거나 진화될 때부터 홀로 무엇인가를 해내거나 혼자만의 방법으로 변화하지는 않았다. 모든 생명은 서로의 영향을 받거나, 서로에게 기대어 살거나 또는 살아남기 위해 무엇으로든 변해왔다. 돌고래는 바다를 헤엄치다가 새끼를 낳으면 새끼의 주변을 한참 헤엄치고 이내 새끼와 함께 헤엄친다. 고양이는 세상에 태어나 어미의 공간에서 살다가 어미가 독립을 허락하는 날 독립을 시작한다. 북극에 사는 펭귄은 더더욱 놀랍다. 무리가 함께 다니지만 헤엄을 치기 위해 대장 펭귄같이 보이는 한 마리가 바다로 뛰어들면 기다렸다는 듯 함께한다. 함께하다가 헤어지는 모든 순간에는 그들만의 질서가 있다. 누가 알려주지 않아도 대자연은 그들을 이미 그렇게 만들었다. 그들에게도 외로움이라고 명명할 수 있는 날들이 있다면 어쩌면 그들은 함께 있음이 본성이기에 외로움이 곧 죽을 만큼의 고통을 느끼게 하는 일일지도 모를 일이다.

　인간은 지구가 만들어 놓은 질서와 별개로 살아간다. 외로움을 가장 잘 느끼는 이유 중 하나다. 외로움에 특히 예민하게 반응하는 것도 이 이유가 아닐까 생각한다. 가끔 텔레비전에서는 산골짜기에서 사는 사람들의 생활상이 공개된다. 사람을 피해 왔다는 사람들이 대부분이다. 어떤 이들은 사람에게 상처받은 것을 자연으로부터 치유받는다고 고백한다. 그러나 사람이 자연으로부터 치유를 받는다는 사실 자체가 모순 아닌가. 외로움은 분명 인간관계의 커뮤니티가 깨졌음을 느꼈을 때 쓰는 단어이기 때문이다. 그저 모든 일들을 회피하겠다는 뜻인데, 회피는 그렇다고 쳐도 외로움은 어떻게 해결할 것인가. 그러나 일리가 있다. 우리의 커뮤니티의 중심은 어쩌면 인간이 아닐 수도 있다. 인간이 본래 속해 있던 곳. 그곳을 찾아야 한다. 동물의 무리가 자신들의 영역을 자신들도 모르게 지키고 있는 것처럼 인간이 자꾸만 거스르려고 하는 것이 무엇일까를 생각해야 한다. 거기에 답이 있을지 모른다.

나도 처음 외로움이란 단어를 떠올렸을 때, 누군가와의 헤어짐을 먼저 생각했던 것 같다. 내가 연대하고 있던 사람들과의 조우가 더 이상 불가능해졌을 때 오는 상실감. 그 상실감을 오래 붙잡고 있다보면 외로움이 밀려왔다. 어떤 이들은 "그게 세상이야, 어쩔 수 없는 일이야."라며 위로의 말을 건네기도 했다. 그러나 나는 언제나 그것이 위로로 느껴지지 않았다. 오히려 나의 외로움을 정당화시키는 공격처럼 느껴질 때도 있었다. 옳지 않은 것은 옳지 않다고 해야 하고, 그 옳지 않은 일들을 바꿀 수 있는 힘을 키워내겠다는 다짐과 같은 것을 들려줬더라면, 글쎄, 나는 공격처럼 느껴지지는 않았을 것 같다. 언제나 이상한 세상은 내가 변하기를 원했다. 나는 있는 그대로의 나인데 말이다.

괜찮다는 말은 누구나 할 수 있다. 심지어 돈을 주고도 살 수 있다. 그러나 나는 침묵을 택했다. 내가 가장 잘할 수 있는 일들로 앞으로의 할 일을 해야겠다고 생각했다. 그래서 지금 당장 나에게 외롭다고 누군가 말한다면 나는 이렇게 대답하겠다. 일단 저는 당신이 외로운 그 순간에도 계속해서 쓰는 사람일 겁니다. 그리고 계절은 내일도 바뀔 것입니다.

3

귀엽다

들개와 우리 개

'도심 곳곳에서 들개 출몰, 마주칠까 두려워' 어느 날의 지역 뉴스 헤드라인이었다. 뉴스의 내용을 요약하자면 대략 이렇다. 유기견 몇 마리가 야생화가 되는 과정에서 공격성을 갖게 되었고 자연적으로 번식하여 무리를 형성하게 되었다. 이들은 도심에서 무리를 지어 다니고 산책길에 만나는 사람이나 동물에게 공격을 할 수 있으니 주의를 해야 한다고 했다. 지자체는 동물 보호법상 유기 동물을 함부로 사살할 수 없게 돼 있어서 들개도 포획틀로 잡을 수밖에 없는 데다, 계속 움직이는 개들을 붙잡는 것도 쉽지 않다는 입장이라고 밝혔다. 결과적으로 들개를 책임질 수 있는 사람들은 그 어디에도 없으니 알아서 잘 피하라는 식이다. 짧은 뉴스 브리핑이 오래도록 내 머릿속에 남는다. 들개들은 지금 어디를 향해 가고 있을까. 이 개들의 운명은 언제부터 어떻게 결정되었을까. 그리고 앞으로 어떻게 될 것인가.

뉴스로 보이는 개들의 모습은 우리 동네 산책길에서 만나는 여느 반려견들과 다르지 않았다. 강아지들은 천진난만한 모습이었고 어미 개들은 목줄만 채우면 '어느 집 누구 개'라 불릴 만한 외모를 갖고 있었다. 야생이 그들을 키웠다고는 하나 사람과 함께하는 삶도 제법 잘 어울렸을 모습이었다. 그래서였을까. 나는 화면에 보이는 개들을 경계하라고 했던 아나운서의 목소리가 오히려 공격적으로 들렸다. 그러나 이것은 뉴스에 보도된 내용 그대로 반드시 경계해야 할 일이다. 나의 소중한 이웃이, 나의 반려견이 다칠 수도 있는 일이기 때문이다. 우리를 공격할 수 있는 동물인 그들에 대해 나는 왜 무서운 대상으로 느끼지 못하고 오히려 다름을 규정한 이들의 목소리가 더 아프게 들렸던 걸까. 그 생각의 지평을 따라가 보기로 했다.

　나의 부모님 집에는 올해 17살 된 개가 있다. 이름은 복실. 복실이가 나의 아버지를 만난 건 어쩌면 기적과도 같은 일이었다. 부모님은 은퇴 시점에 맞춰 전원주택 생활을 하기로 결정하셨다. 도심 근교에 미리 땅을 사 둔 아버지는 직접 도면을 그리고 벽돌을 쌓아 올리며 집을 지었다. 그야말로 직접 쌓아 올린 내 집마련에 성공하셨다. 집의 골조가 올라갈 무렵 건축 자재들을 한쪽 마당에 쌓아두었는데 어느 날 나무판자와 벽돌 등 정리되지 않은 기둥 사이에서 복실이가 발견됐다. 복실이를 처음 발견했을 당시 아버지는 동네 떠돌이 개인 줄 알았다고 한다. 언젠가 자기 집으로 가겠지 생각했지만 복실이는 갈 생각이 없었던 것 같다. 아버지는 복실에게 밥을 주기 시작했고 마음도 함께 주게 됐다. 그래도 아버지는 복실이가 언제든 떠난다면 붙잡을 생각은 없었다. 복실이가 잠시 놀다 가기 좋은 곳이 이곳이면 그것으로도 좋겠다 싶었다.

　　　　　　　　　　　　　　　생명으로 우리는 귀엽다

시간이 흘렀고 집이 다 지어질 때까지 복실이는 집을 지켰다. 그리고 자연스럽게 우리 가족이 됐다. 마치 복실이가 우리 집을 선택한 것만 같았다. 어디에서 왔는지 어떤 강아지였는지 알아내려 했지만 쉽지 않았다. 복실이에게 이름표가 있는 것도 아니었기 때문이다. 복실이가 만약 사람과 함께 살아가는 것에 익숙해지지 못하고 다시 떠돌이 생활을 택했다면 복실이의 운명은 달라졌을지도 모르겠다. 언젠가 뉴스에 갑자기 출몰하는 검은색 개를 조심하라는 문장과 함께 출연했을지도 모를 일이다. 복실이는 우리 가족의 막내가 되었고 아버지는 복실이의 산책 담당, 엄마는 밥 담당, 동생은 미용 담당, 나는 목욕 담당으로 복실이와 함께하는 시간을 온전히 즐겼다. 우리 가족은 복실이가 없는 우리 집을 상상할 수 없게 되었다.

복실이를 키우면서 알게 된 사실 중 하나는 동물이 먼저 인간에게 손을 내밀 수도 있다는 거였다. 나는 줄곧 인간이 동물을 위해 무엇인가를 해야 하고, 인간이 먼저 동물을 위할 수 있다고 생각했었다. 그러나 복실이는 우리에게 먼저 다가왔고 우리 가족을 위해 자신의 자리를 만들고 때론 내어주기도 했다. 동물은 어쩌면 인간에게 인간이 머리로 생각하려고만 하는 사랑에 대해 마치 본능적으로 알고 있을지도 모른다는 생각이 들었다. 동물이 인간에게 보여주는 눈빛과 발짓 그리고 온몸으로 표현하는 사랑은 인간이 계산하고 이익을 따지며 추후를 생각하는 것과는 다른 것이었다. 온전하게 동물의 사랑을 느껴본 사람은 알 수 있다. 우리의 생각이 그저 무지한 반복일지도 모른다는 것을. 그런 동물들이 인간에게 바라는 것은 돌봄 이전에 필요한 살핌이다. 오직 자신을 잊지 않고 살펴주기를 바랄 뿐이다. 인간이 동물을 살피기 시작하면 동물은 자신의 모든 것을 내어준다. 그 한 사람의 살핌에 온전히 사랑과 삶을 의지한다.

만약 복실이에게 아버지가 밥을, 아니 마음을 주지 않았다면 복실이는 들개가 됐을 수도 있겠다. 또 다른 누군가의 살핌을 찾아 헤매거나 생존을 위해 누구와도 눈을 마주치지 않거나 둘 중 하나를 택했을 것이다. 들개가 우리의 일상을 위협하기 때문에 이들을 조심해야 한다는 뉴스를 보고 우리 개의 산책길을 염려하는 사람들이 목소리를 높인다. 지자체의 빠른 조치를 당부한다. 그러나 우리는 이전에 들개들의 하루에 대하여 먼저 궁금했어야 한다. 이들이 도심에서 맹수가 되기 전에는 누군가에게 버림을 받았다는 사실을, 살아남기 위해 무엇이든 먹고 어디든 열심히 달렸을 것임을, 이들이 몇 년 전 어떻게 태어났고 어디에서부터 출발한 여정이었는지를 생각하지 않는다면 우리 집 반려견과 똑같은 모습을 한 '개'일지라도 전혀 다른 존재가 된다. 살피지 않으면 우리 개도 맹수가 된다. 그러나 누군가의 살핌과 돌봄으로 이들은 전혀 다른 삶을 살아갈 수 있다.

동물 칼럼니스트 김소희는 저서 〈모든 개는 다르다〉에서 개와 인간의 관계에 대해 이렇게 적었다. '개에 대한 사랑은 현시대에 이르러 생겨난 새로운 현상이 아니다. 인간과 개의 사랑은 이미 1만 2천 년 전부터 시작되었고, 그 사랑은 사나운 야생동물 '늑대'를 애교 넘치는 푸들과 치와와로 탈바꿈시켜 놓았을 만큼 뜨거웠다.' 개와 인간에 대한 관계와 존재의 규명은 사랑으로 달라진 것이다. 나는 들개들의 상황을 바라보는 우리의 시선도 이 지점에서 출발해야 한다고 믿

생명으로 우리는 귀엽다

고 있다. 만약 이들을 단순히 인간을 '공격'하는 대상으로 여기고 경계하며 나아가 포획하고 사살하는 방식으로 우리의 일상과 단절시키는 방향으로 조치한다면 문제는 해결되지 않을 것이다. 유기견들을 보호하고 입양하며 개체 수를 조정하는 일까지 우리의 법과 제도, 그리고 인간의 인식이 이들과 함께 살아가는 방식으로 나아가지 않는다면 들개들은 또 다시 누군가를 공격하고 위협하는 존재로 살아남기를 택할 것이다. 그에 따른 결과는 곧 인간에게 돌아온다.

나는 사랑은 모든 것을 변화시킨다는 말을 좋아한다. 사랑이란 참 거창한 말이어서 이걸로 뭐든 해결하겠다는 글들이 이해되지 않을 때도 많지만 결국에 내가 원하는 것이 사랑으로 변화된 세상인 것 같다. 어딘가에 오늘도 생명으로 존재하는 동물과 사람에게 필요한 것은 당장의 허기를 채우는 떡이 아니라 따뜻한 마음으로 세운 안전한 지붕일지도 모르겠다. 그 어느 날 비가 오나 눈이 오나 그리고 맑은 날이나 한 번도 밥을 달라 하지 않고 그저 누군가가 세운 나무 지붕 아래에 가만히 앉아 있었던 복실이는 오늘날 우리에게 충만하다. 지금 거리를 헤메이는 어느 들개도 지금은 살핌과 사랑을 잃어버린 누군가의 '우리 개'였을지도 모른다.

좋아요를 누르지 않는 개

그도 이상형이 있다. 나이가 들어도 참으로 한결같아서 그는 한 번도 말해주지 않았지만 나는 눈치를 채고 있었다. 그의 이상형은 이렇다. 자신보다 키가 조금 커야 하고, 머릿결은 곱슬에 백발이면 더 좋다. 자신과 같이 귀여운 눈망울을 가졌는데 그 눈빛으로 꼬리를 살랑살랑 흔들어주면 그는 그녀에게 백 프로 플러팅을 시도한다. 누구의 이상형이냐고? 백고동, 이제 중년의 중후한 귀여움이 물씬 풍기는 우리 집 반려견이다. 이렇게 혈기 왕성한 고동이에게는 사실 말하지 못한 슬픔이 있다. 내가 유기견이었던 고동이를 입양했을 당시에는 중성화 수술이 의무화되어 있었다. 역시나 고동이의 보호소였던 그곳도 입양 조건에 중성화 수술이 포함되어 있었다. 당시 나는 고동이를 입양하기로 결심하면서 중성화 수술에 대해 진지하게 고민하거나 그것이 옳은 방법인가에 대한 생각도 하지 못했다. 아니 그럴 겨를이 없었다. 고동이는 우리 집에 오기로 확정되면서 바로 중성화 수술을 받았다. 당시 고동이의 중성화 수술을 집도하셨던 수의사께서 말씀하시기를, 고동이는 세 살이 넘어, 즉 성견이 된 상태에서 중

생명으로 우리는 귀엽다

성화를 했기 때문에 여전히 관심이 있는 강아지에게 호감을 표현할 수는 있다고 했다. 성적 기능은 하지 못하지만 생각과 기억으로 표현할 수 있다는 의미였다. 당시에는 수의사의 말에 큰 의미를 두지 않았고 쉽게 고개를 끄덕였는데, 지금도 여전히 마음에 드는 강아지를 보면 친해지고 싶어하는 우리 고동이에게 나는 어쩐지 조금 짠하고 미안하다.

인간과 함께 살아가기 위해 고동이는 자신의 의지와 상관없이 운명을 나에게 맡긴 셈이다. 나는 그 사실을 가끔 떠올리며, 내가 한 생명에게 그런 존재라는 게 부담스럽기도 하다. 그러나 살다 보면 뭐든 별일 아닌 것처럼 되는 마음 때문에 고동이와 나는 그저 그런 일상을 보낸다. 나는 가끔 나에게 최선을 다하는 고동이에게 미안해하면서도, 그런 존재로 태어난 고동이를 신기하게 생각한다. 어쩔 수 없이 사랑하는 존재, 어떤 인식이나 의지, 조건과 다양한 정도에 치우치지 않고 그저 사랑하는 마음만 있는 존재. 고동이가 그렇게 태어났기에 나를 오늘도 어김없이 사랑하고 있다는 사실을 느끼며 그 생명이 견디고 있는 현실에 경외감마저 느낀다. 그렇다. 나는 이렇게 고동이와 함께 서로를 확인하며 살아간다. 이것은 동물을 키우며 생명으로 서로를 바라보고 함께하고 교감하는 기쁨을 누리는 사람만이 알 수 있는 마음이다. 즉, 제아무리 유명한 철학자나 몇 권의 저서를 낸 똑똑한 지성인들이 동물에 대해 설명을 한다 해도, 고동이는 내가 제일 잘 알 수밖에 없다는 뜻이다. 가끔 나는 이런 마음을 남편에게 이야기하며 고동이에 대한 자부심이 있다고 말하기도 하는데, 남편은 이걸 또 줄여 말한다. 그래, 고부심.

언젠가 고동이의 계정을 만들어달라는 사람이 있었다. 고동이가 너무 귀여워서 그렇다고 했다. 귀여운 것을 보며 더러운 세상을 마주하지 않고 힐링하고 싶다고 했다. 이기심으로 가득한 사람이 아닌, 그저 타인을 위해 살아가는 희생의 아이콘들을 보며 위로를 얻는다는 사람들. 그들은 세상에 내 마음 하나 알아주는 곳 없고, 누군가를 밟고 올라가야만 하는 현실이 언제나 전쟁과 다를 바가 없다고 말한다. 그야말로 피할 곳이 필요한 사람들이다. 상처받은 마음이 피해야 할 곳, 더럽혀진 나의 안전함을 다시 재정비해야 할 곳. 그곳을 찾아 헤맨 사람들은 결국 갈 곳이 없으면 누군가를 비난하며 앞장서거나, 모든 이들을 뒤로하며 가장 소외된 곳에 있기를 택한다. 이런 방법도 영 마음에 들지 않으면 귀여운 것을 찾거나, 나만 바라봐 줄 생명을 곁에 두며 살아가기를 택한다.

고동이의 계정이 있다면 팔로우하겠다고 말했던 그 사람이 이어서 말했다. "고동이는 당신에게 그런 존재가 아닙니까? 그럼 우리는 랜선으로라도 만나야겠어요. 그 호사를 당신만 누릴 수는 없지 않습니까?" 이런 비슷한 이야기였다. 생각해 보면 귀여움으로 힐링하기는 세상을 살아가는 좋은 방법이기도 하다. 우리의 헛헛함과 공허함, 그 어떤 욕망으로도 채울 수 없는 새로운 목적과 목표들, 사람들의 시선, 그리고 끝없는 경쟁. 사회가 요구하는 우리의 모습들. 그 모든 것에 대한 정답은 어디에 있을까. 만약 있다면 인간으로 살아가며 알아차릴 수 있을까. 아직 서른 중반에 머물고 있는 나의 판단으로는 일흔쯤 가서야 가능하지 않을까 생각하는데.

일흔의 어르신들과 대화를 해보면 문득 이런 마음이 든다. 그들은 이제 겨우 깨달았을 뿐이고, 겨우 견디다가 다음 생이 있을 거란 굳은 믿음으로 또 그저 살아가는 중이라는 것. 그래, 그것이 우리 생이 아니던가.

　　결과적으로 고동이의 계정은 만들지 않기로 했다. 가장 중요한 이유 중 하나는 고동이가 좋아요를 누르지 못한다는 점이다. 나는 지금도 고동이에게 허락을 받지 않고 고동이의 미용 전후 사진을 피드에 올리곤 하는데, 때로는 고동이가 미용이 마음에 들지 않으면 거울에 비친 자신의 모습을 봤다가 귀가 축 늘어지는 경우를 본다. 나는 그 모습마저도 너무 귀여워서 동영상을 찍기도 하는데, 심지어 그 영상을 올리기라도 하면 랜선 이모, 삼촌들은 좋아하지만 고동이에게는 영 보여주지를 못하겠다. 고동이가 판단할 문제는 아니겠지만 그래도 고동이의 입장을 생각하면 그렇다.

　　고동이 덕분에 나도 반려견을 키우는 사람들의 인스타 피드를 보게 될 때가 있다. 내가 의도하지 않아도 요즘은 알아서 나의 취향들을 쉽게 볼 수 있는데, 그야말로 남의 개들의 속사정을 속속들이 알게 되는 피드를 보다가 내 옆에서 곤히 자고 있는 고동이를 괜히 한번 본다. 랜선으로 만날 수도 있었을 우리가 가족이 되었다니, 인연이 신기하다. 이 녀석은 어디에서 태어나 여기에 있을까. 어떤 일들이 있었을까 궁금하다. 여전히 고동이는 말이 없다. 그저 오늘 나를 사랑하는 존재로 태어난 고동이는 누군가의 울고 웃는 사연이 절절히 들려와도 좋아요를 누르지 않는다. 내 옆에서 잠을 잘 뿐이다.

트위터에서 스레드까지. 끊임없이 올라오는 누군가의 모습이 나는 정말 좋은가. 엄지를 척 올리며 강한 긍정을 보낼 정도로 가까운 타인의 삶에 진정으로 관심이 있는가. 그들의 삶이 나를 나로 세우는 데 좋은 영향력을 주는가. 나를 온전히 사랑해 주는 존재들의 눈빛을 나도 모르게 외면하면서 어쩌면 나와 아무런 관계도 없는 그들의 자랑과 유희에 나의 것들을 빼앗기고 있지는 않은가 하는 생각이 든다. 우리가 좋아요를 누르는 수많은 이야기들 중 오래도록 기억하고 있는 좋은 이야기들은 얼마나 될까.

이런 회의적인 생각을 하다가 난데없이 이상한 노선으로 생각을 달리한다. 이를테면 나의 글에 좋아요를 누르지 않는 그녀를 생각하는 일이다. 그녀는 내가 못생기게 나온 사진에는 어김없이 좋아요를 누르는데 그 점이 영 불편하다. 쓸데없이 그녀의 좋아요가 어디를 향하고 있는지 파악하고 있는 나의 상태는 역시나 불만족스럽다. 이것이 다 좋아요 때문인데, 현명하게도 고동이는 아주 오래전부터 이런 일 따위는 하지 않았으며, 앞으로도 하지 않을 것이란 확신을 내내 주고 있다. 사랑하는 것만을 사랑하기. 우리가 귀엽다고 말하는 그들에게서 나는 아주 시니컬하고 지적이며 완벽한 삶의 방법을 배운다.

생명으로 우리는 귀엽다

고양이를 따라가기

그녀는 오늘도 화가 많이 나 있다. "씨발, 씨발"을 버릇처럼 중얼거리며 어디론가 향한다. 푹 눌러쓴 모자 아래로 그녀의 눈빛이 어렴풋하게 보인다. 누군가를 찾는 듯하다. 그러면서도 다가오는 사람들과의 경계를 풀지 않는다. 천천히 걷는 것 같으면서도 그녀는 빠르게 걷고 있다. 두 손에는 이상한 냄새가 나는 물건을 꼭 쥐고 있다.

아파트 단지 끝에 있는 인적이 드문 산책길. 그 끝에 그녀가 섰다. 허리를 숙이고 나무 가지 사이로 들어간다. 무릎이 땅에 닿는 데도 거침이 없다. 여전히 그녀는 "씨발씨발" 한다. 손을 뻗어 무엇인가를 꺼낸다. 누군가 버려놓은 듯한 플라스틱 그릇이다. 그녀는 손에 있던 냄새나는 무엇인가를 그릇에 쏟아붓는다. 한 그릇이 채워졌다. 그녀는 조금 뒤로 물러서더니 허리를 폈다. 다시 주변을 살폈다. 나는 그녀의 뒤에 서 있다. 그녀가 아직 나를 발견하지 못한 듯하다. 그녀는 다시 주머니에 손을 넣는다. 비닐봉지에 있는 것들을 한 줌 크게 집더니 플라스틱 그릇에 골고루 나누어 담는다. 다시 나뭇가지 사이로 들어간다. 몇 번이고 주변을 맴돌았던 그녀는 모든 일이 끝났다고 생각됐는지 그제야 한숨을 쉰다. 다시 중얼거린다. "씨발씨발."

나는 무슨 끌림이었는지 반나절 내내 그녀를 따라다녔다. 그녀가 나를 발견하게 되면 욕샤워를 하게 될 거라는 예상을 하면서도 그녀가 가려는 곳이 궁금했다. 나와 고동이가 자주 다니는 동네 산책길에서 우연히 그녀를 보게 된 건 약 1년 전이었던 것 같다. 늦은 밤 산책길. 그녀는 아파트 둘레길 끝지점, 또는 인적이 드문 장소, 놀이터 바로 앞 관리되지 않은 나무 사이로 거침없이 들어갔다. 그녀는 우리 아파트 주변에서 살고 있는 고양이들에게 밥을 주고 있었다. 신기하게도 고양이들은 밥을 먹다가도 나와 고동이가 근처를 지나다닐 때면 빠르게 피했다. 눈이 마주치기라도 한 날엔 고동이도 긴장 상태, 고양이들은 겁에 질린 상태인 것만 같았다. 그러나 그녀가 있으면 달랐다. 고동이가 그 옆을 지나가도 경계하는 모습이지만 자리를 피하지는 않았다. 고양이들에게는 그녀가 옆에 있었기 때문인 것 같다. 그녀도 그 사실을 알고 있는 듯했다. 그녀는 고양이들과 같이 지나가는 사람들을 경계했다. 혹시 말을 걸어오면 어쩌지, 하는 표정을 짓고 있었고, 그러다가 누군가와 말을 하게 되면 자리를 피하면서 혼잣말을 했다.

여름날이었다. 며칠 동안 비가 쏟아졌다. 나는 고동이와 산책을 하지 못한 아쉬움 때문에 우산을 쓰고 밖으로 나갔다. 고동이는 내 품에서 비가 내리는 냄새를 열심히 맡고 있었다. 나는 비 오는 날의 그녀가 궁금했다. 그녀가 있었던 곳으로 향했다. 그날도 어김없이

생명으로 우리는 귀엽다

그녀는 고양이들의 밥그릇을 확인하고 있었다. 비는 추적추적 내렸다. 그칠 것 같지 않았다. 그녀는 우산도 쓰지 않았고, 플라스틱 밥그릇을 만지작거리며 슬픈 목소리로 욕을 하고 있었다. 무슨 용기였는지 나는 그녀에게 우산을 씌워주며 말했다. "아주머니, 오늘도 나오셨네요." 그녀는 고개를 들어 나의 우산을 확인했다. 눈을 위로 올리면서 내 품에 있었던 고동이를 발견했다. "아기가 예쁘네, 버리지 마요." 그녀의 말이었다. 갑자기 버리지 말라니. 이제 욕을 하려나 싶었는데, 그녀는 그 한마디를 남기고 다시 갈 길을 갔다. 그녀의 뒷모습은 내리는 비처럼 어딘가로 내려가는 듯했다.

긴 장마가 개이고 언제 그랬냐는 듯 높은 하늘이 보였다. 끝없는 하늘은 나의 욕심과 같았다. 고난의 때를 알지 못하고 어려운 순간을 망각한 알량한 사람의 마음처럼 하늘은 또다시 푸르고 맑았다. 나의 나 된 모습을 알아차리는 좋은 방법 중 하나는 고동이와 산책을 하는 것이다. 매일 같은 길을 반복해서 걷는 일은 내가 더 새로운 인생으로 누군가보다 더 나은 삶을 살아갈 수 있을 거라는 생각이 착각이었다는 것을 알려주곤 한다. 그저 걷는 것으로도 충분하다. 생명으로 존재하는 사랑하는 누군가와 함께하는 이 시간이 그 어떤 욕망과도 바꾸거나 견줄 수 없는 소중한 것임을 깨닫게 한다. 고동이의 발걸음이 가벼울 땐 나의 욕심도 가벼워진다. 고동이가 가던 길을 잠시 멈출 땐 나도 가던 길을 멈춘다. 나의 에너지가 아직 더 많이 남아있음과 상관없이 그저 멈춰야 할 곳이어서, 냄새를 맡고 세상을 알아가야 하고, 주변을 돌아봐야 하기 때문에 오늘 비로소 멈추는 것. 이렇게 멈춰야 할 때임을 알게 된다. 그때였다. 그녀를 다시 만났다.

그녀는 여전히 그녀의 일을 하고 있었다. 높은 하늘 때문이었을까. 그녀의 표정도 한결 편안해 보였다. 혹시 나를 기억할지도 모르겠다는 친근감에 나는 그녀에게 말을 걸었다. "아주머니, 오늘도 나오셨네요. 덕분에 우리 동네 고양이들이 건강한 것 같아요." 그녀는 나의 목소리에 허리를 폈다. 고동이와 함께 조금 걷기를 원하는 것 같았고 우리는 꽤 먼 거리를 함께 걸었다. 그녀는 많은 이야기를 나에게 들려주었다. 그 수많은 이야기의 결론은 이랬다. 인간은 어려움이 있으면 나라의 도움도 받고 스스로 자신의 아픔에 대해 설명할 수 있지만, 동물들은 오직 인간의 보살핌과 관심이 없으면 자신이 어려움에 처해 있다는 사실을 말하지 못한다는 것이다. 사람을 위한 세상은 너무도 쉽게 만들어지지만 동물을 위한 세상은 어디에도 없는 것 같다는 현실이 너무도 슬프다는 것이었다. 그녀가 욕을 하는 이유는 이 슬픔을 누군가에게 들키고 싶지 않기 때문이었다. 허리를 굽혀 길고양이들의 삶을 오래도록 지켜본 그녀는 고양이들과 같은 눈빛을 지니고 있었다. 사람들이 누리고 쉽게 볼 수 있는 세상의 모습은 그녀와 닮아있지 않았다. 그녀는 홀로 그녀와 닮은 삶을 살아가야 했다. 때론 그녀도 누군가의 도움의 손길을 원했다. 그저 이런 삶도 있구나라고 누군가에게 어디서라도 인정받기를 원했지만, 그녀의 이야기를 들어줄 곳은 어디에도 없었다.

그녀가 아무것도 하지 않은 것은 아니었다. 사람들 속에서 한 사람으로 살아가기 위해 자신이 할 수 있는 노력을 했었다. 그동안 방법이 잘못되었을지도 모른다는 생각을 해보기도 했지만 무엇이 잘못된 것인지 알 길은 없었다. 그러다가 낮고 낮아진 삶을 받아들이게

생명으로 우리는 귀엽다

되었고 고양이들이 보였다. 누군가의 손길을 간절히 원했던 고양이들처럼, 그저 안전하기만을 원했던 그들처럼 그녀는 스스로 고양이들과 같은 사람이 되기로 결심했다.

　세상은 왜 이럴까. 수없이 생각했던 의문이다. 이런 의문이 쌓여갈수록 그녀는 욕을 반복하게 됐고 사람과의 대화가 쉽지 않아졌다. 나와 고동이를 본 순간 그녀는 고동이에게는 문제가 없어 보였던 거다. 고동이는 나를 버릴 이유가 없으니까. 그러나 사람으로 생긴 내 모습이 그녀에게는 온통 불안의 존재였다. 나는 고동이를 버릴 수도 있는 존재라고 생각했던 그녀다. 그래서 뜬금없게도 나에게 고동이를 버리지 말라고 했었던 거다. 나는 말했다. 그럴 순 없다고 말이다. 나에게도 고동이가 너무 큰 존재라고. 그 이후 고동이와의 산책길에 그녀를 만나면 그녀는 무슨 일인지 반갑게 인사한다. 내가 고양이들의 마음을 이해할 수 있을 거라는 생각 때문에 편하다고 했지만 나는 속으로 달리 생각했다. 고양이들이 아닌 그녀의 마음을 이해하고 있었기 때문이다. 그러나 나는 그녀의 생각을 굳이 바꾸려 하지 않는다. 그녀가 했던 말이 내 생각과 거의 비슷한 말이기 때문이다. 그녀의 모습이 고양이들과 다르지 않았기 때문이고 그녀가 가는 곳이 고양이들이 가는 곳이었기 때문이다. 그녀가 안녕하길 바라는 마음처럼 나는 고양이들의 안녕도 바라고 있었기 때문이다. 나는 그녀가 특별해 보이지 않는다. 그녀가 매일 이 길을 반복해서 걷는 이유는 고양이들 때문이 아니라 결국에 그녀를 위한 일이라고 믿기 때문이다. 고양이들이 그녀를 위해 존재하고 있다는 사실을 나는 종종 알아차리기 때문이다. 그러나 나는 고양이들에게 그녀가 반드시 필요한 것처럼 그녀에게 고양이가 반드시 필요한 존재라는 것을 말해주고 싶었다. 어디에선가 누구에게 그녀가 반드시 그런 사람일지도 모른다는 사실까지.

고동이에게 내가 없는 세상은 상상할 수도 없는 슬픔 그 이상의 세상이 될 것이다. 내가 이를 확신하는 이유는 나 역시 고동이가 없는 세상에 대해 생각하노라면 그렇기 때문이다. 나를 위해 존재하는 너, 너를 위해 존재하는 나. 우리는 서로가 서로를 위해 살아간다. 이 공생을 알아차리기까지 사람들은 저마다의 긴 시간이 필요하다. 누군가는 단번에 알아차릴 수도 있고, 누군가는 소중한 생명을 떠나보낸 후에야 알아차리기도 한다. 우리는 존재로 확인받을 수 있는 존재됨으로 살아간다. 우리가 어떤 생명보다 뛰어난 존재이기 때문이 아닌 생명으로 존재하는 생명이기 때문에 그렇다. 길에서 만나는 고양이들은 반드시 인간의 도움을 필요로 한다. 인간의 눈에 자꾸 보인다는 것은 인간의 삶의 영역에서 크게 벗어나지 않는 범위에서 그들이 살아가고 있다는 것과 같다. 그들은 그 어떤 혐오도 조장하지 않았으며 사람들에게 불필요한 존재이거나, 골칫거리가 될 마음도 전혀 없었다. 그들이 존재하는 이유는 그저 인간이 인간됨으로 살아가는 것이 무엇인지. 인간이 어떤 존재로 살아가야 하는지를 늘 생각하게 한다는 것이다. 인간이 그런 존재로 어떤 모습으로든 발휘되기를 원할 뿐이다.

내가 만났던 그녀가 택한 삶에 대하여 말하자면, 그녀가 고양이들에게 느끼는 연민과 슬픔의 의미 그 너머가 분명히 있다고 믿는다.

이로써 출발하는 돌봄의 과정보다 더 필요한 것은 생명 대 생명으로 살아가는 것에 대한 알아차림이라 여기고 싶다. 고양이의 슬픔까지도 알아차리는 이들이 사람의 슬픔을 알아차린다는 것은 당연한 일일 것이다. 우리는 무엇을 시작해야 하는가. 고양이가 가야 할 곳, 그들이 편히 자리를 잡고 누울 수 있는 곳을 마련해야 한다. 그것은 고양이를 위한 일인 듯 보이지만 결국에 사람을 위한 일이다. 외로운 이들을 버려두지 않는 세상. 홀로 먹을 것을 찾아헤매지 않는 세상. 우리가 이 세상을 꿈꾸고 있지 않은가. 그렇다면 지금 당장 손가락질과 원망을 멈추고 가장 낮은 곳을 바라보아라. 거기에서부터 시작된 하늘이 얼마나 높고 아름다운지 알아차리게 될 것이다.

마주하는 이야기

나는 내 남편을 열받게 하는 방법을 잘 알고 있다. 한참을 이야기 하다가 '아, 아니다 다음에 이야기할게!'라고 하면 된다. 남편은 그런 상황을 매우 답답해한다. 그다음 무슨 말을 하려고 다음에 이야기한 다는 건지 궁금해서 참을 수 없는 것이다. 그렇게 중요하지 않은 대 화였음에도 '아니야, 하려던 말을 잊었어'라고 하면 내가 그 말을 생 각해 낼 때까지 생각해 내라고 재촉한다. 그런데 언젠가부터 남편의 태도가 좀 달라졌다. 내가 뒤에 하려던 말을 줄여도 별로 궁금해하지 않는 눈치다. 궁금하다고 해도 참고 있는 것 같다. 남편의 태도가 왜 바뀌었을까를 생각했다. 아마도 그 일 때문이었으리라 짐작하고 있 다.

어느 날 우리 집 반려견 고동이가 한밤중에 갑자기 일어나 나와 남편이 있는 침대 위로 올라왔다. 잠귀가 밝은 나는 고동이의 인기척 에 잠에서 깼다. 아직 눈을 떠서 확인하지 않았지만, 나는 고동이가 곁에 왔다는 사실을 인식하고 있었다. 고동이는 점차 나와 남편의 사이로 파고들었다. 이불에 얼굴을 비벼대기 시작했다. 그러다가 갑자기 고동이가 동작을 멈췄다. '그냥 갑자기 우리 곁으로 오고 싶었던 걸까' 하던 찰나에 나는 이상함을 느꼈다. 고동이가 그대로 계속 움직이지 않는 것이다. 숨도 쉬지 않는 것 같았다. 침대에서 벌떡 일어나 나는 불을 켰다. 고동이의 몸이 점점 굳어가고 있었다. 나는 너무 당황하며 소리를 질렀고 남편을 깨웠다. 남편은 본능적으로 고동이를 살폈고 고동이의 기도를 확보했다. 그리고는 온몸을 열심히 주무르기 시작했다. 나는 옆에서 '갑자기 몸이 굳는 개'와 비슷한 검색어를 미친 듯 검색했다. 고동이가 잠시 몸이 풀어지는 것 같더니 그대로 온몸을 떨었다. 몇 차례의 떨림은 그렇게 10분쯤 계속됐고 떨림이 조금씩 잠잠해지더니 잠시 후 고동이는 그날 먹은 음식을 모두 토했다. 토를 함과 동시에 고동이는 안정을 취하는 것 같았다. 우리는 그날 거의 밤을 지새웠다. 언제 또다시 고동이의 몸이 굳을지 모르기 때문이었다.

다음날 아침 일찍 나는 고동이를 데리고 동물병원으로 갔다. 고동이 상태를 확인한 의사는 정밀 검사를 권했고 고동이는 MRI와 CT를 모두 찍었다. 결과적으로 고동이에게 특별한 병이 발견되지 않았다. 우리가 할 수 있는 일은 고동이의 상태를 계속 지켜보는 것 외에는 방법이 없었다. 만약 떨림이 계속된다면 뇌에 이상이 있다는 것이 분명한데 이럴 경우에는 평생 약을 먹어야 하고 약을 먹는다고 해서 나아지는 것은 아니라는 의사의 소견이 있었다. 나중에 알고 보니 이 병은 개들에게는 흔한 질병 중 하나였다. 원인을 알 수 없고, 강아지가 스스로 놀라고 고통스럽지만 완벽한 치료법은 없는 병이었다. 언제 다시 몸이 굳을지 모르는 이상한 병이다. 우리는 고동이의 병이 어떤 것인지 알아내기까지 그리고 특별한 치료법이 없다는 사실을 알기까지 몇백만 원의 돈을 지불했다. 고동이가 아프면 큰돈을 지불해야 하는 부담도 있지만 그 돈의 가치가 고동이의 건강을 회복할 만한 가치였으면 했다. 만약 그렇기만 하다면 큰돈이 부담이지만 단 한 푼도 아깝지 않았다. 그렇지만 앞으로 고동이가 겪어야 할 일들은 딱히 해결책도 없는 일이 아니던가. 우리는 고동이의 선한 눈빛을 보며 안타깝기도 미안하기도 했다. 그렇게 폭풍우 같은 하루가 지나고 또다시 우리의 날들은 평범하게 흘러갔다.

어쩌다가 고동이가 같은 증상으로 아픈 날이면 나는 몇 차례 병원에 갔지만 특별한 조치는 없었다. 나는 그 이후 이런 일들이 벌어질 때마다 그저 고동이의 곁에서 고동이가 빨리 이 떨림을 멈추기를 바랄 뿐이었다. 그러다가 나 혼자만의 힘으로 안 되겠다는 느낌이 들 때면 또다시 서둘러 병원에 간다. 남편과 함께 고동이에 관한 전화를 하다가 '나 지금 병원인데 나중에 이야기할게'라고 하면 남편은 더 이상 나의 다음 대답을 물어보지 않는다. 그저 다시 내가 이야기를 시작할 때까지 잠잠히 기다릴 뿐이다. 고동이가 괜찮아졌는지, 혹시 더 아픈 건 아닌지. 걱정하며 기도하는 시간으로 침묵을 채운다. 우리 가족에게 이런 일들이 몇 번 일어난 뒤 남편은 내가 하다가 멈춘 이야기들에 관해 궁금해하는 것을 참는 눈치다. 궁금한 이야기가 있어도 시간의 운명에 마음을 잠잠히 내려놓는다. 급한 마음이 앞서도 일어날 일들은 일어나고 쏟아질 물은 언젠가 쏟아지기 마련이라는 것을 알고 있기 때문이다. 다만 우리는 인생에 벌어질 어쩔 수 없는 일들 앞에 속수무책으로 당하지 않기 위해 우리의 마음을 때때로 단단히 붙잡는 연습을 한다. 서로에게 신뢰를 주고, 서로를 의지하며 보다 더 진한 사랑으로 표현하기를 아끼지 않는다. 신기한 것은 이런 모든 상황을 고동이도 알고 있는지 언제나 고동이는 우리 곁에서 가장 큰 믿음의 존재로 서 있다. 생명으로 존재하는 우리가 서로의 마음으로 온전하게 통하는 순간이다.

　아직 고동이는 젊고 귀엽지만 언젠가 우리 곁을 떠날 거라는 것을 알고 있다. 머리로는 알고 있는 이 일을 마음으로 받아들이기까지 우리에게 얼마나 많은 시간이 필요할지 두렵기도 하다. 마지막을 생각하노라면 우리는 오늘을 충만하게 살아야겠다고 여긴다. 인간이란 지혜롭지만 또한 어리석어서 각자의 날들이 얼마 남지 않았음에도 영원할 것처럼 살아간다. 영원할 것 같은 착각이 오늘날의 삶을 허무하게 만들고 있다는 것을 과연 언제쯤 알아차릴 수 있을까. 고동이가 알 수 없는 병으로 온몸을 떨 때마다 나는 두려우면서도 일상의 평안한 날들을 헤아린다. 우리에게 주어진 오늘날은 결코 기적과 같은 일이었음을 느낀다. 그리고 나는 때때로 고동이의 눈빛을 보며 고동이와 같은 존재들을 생각한다. 끝끝내 행복으로 가는 여정마저 잃어버린 존재들, 일상을 죽음의 순간으로 채우는 존재들. 아프고 병든 순간마저 누구에게도 보호받지 못하는 존재들에 대한 생각은 내가 무엇이든 쓰는 사람으로 만든다. 고동이에게는 우리가 있지만 고동이와 같은 존재들에게 누군가는 과연 어디에 있을까를 찾아 헤맨다. 이 현실을 마주하면 마주할수록 현실에 대한 이야기를 피하고만 싶다. 그러나 우리는 언제나 그다음의 이야기를 궁금해해야 한다. 그 이야기가 결론을 맺을 때까지, 앞으로의 날들에 대한 기록은 생명이 살아 있음을 증명하는 이야기로 채워야 한다. 나는 이것이 인간으로 존재하는 이들의 소명이라 여긴다.

동물보호단체 등에서 제시한 유기 동물이나 동물 학대에 관한 실태를 보면 우리의 현실이 보다 더 심각하다는 것을 금방 알아차릴 수 있다. 한 예로, 내가 최근에 본 보도자료에 따르면 경기도 화성시에 위치한 강아지 공장에서는 약 1,400마리의 강아지들이 발견되었다. 번식장의 환경은 아주 심각하게 열악했으며 최소한의 생명 존중의 모습도 찾아볼 수 없는 환경이었다. (기사 참고: 경기도 화성시 강아지 공장, 적발 사례 기준 세계 최대 규모인 1,426마리 발견, 경기도와 20여 개 동물보호단체들이 함께 전원 구조) 내부 고발자에 따르면 해당 번식장에서 동물 학대 행위가 빈번했으며 최악의 밀집 사육으로 동물들은 일상에서 생명으로 존재할 권리를 박탈당했다. 기사의 내용을 살펴보면 한 문장, 한 문장을 읽어 내려가는 것이 버거울 정도로 끔찍한 모습이 상상되지만 나는 이 현실을 마주하기로 한다. 저 먼 과거에 있었던 일이 아닌 바로 오늘날 지금 이 순간도 어디에선가 벌어지고 있는 일이기 때문이다. 그리고 심지어 이런 현실은 조금만 관심을 가지면 꽤 많은 곳에서 일어나는 현실임을 알아차릴 수 있다. 우리가 어떤 것을 바라보고 있느냐, 하는 관점과 시점에 대한 점검이 그 어느 때보다 시급하다.

"나는 이런 이야기들을 마주하려고 해." 언젠가 남편에게 내가 했던 말이다. 저 먼 우주를 보며 사는 사람들은 우주로 가는 꿈을 꾼다.

생명으로 우리는 귀엽다

높은 빌딩을 보며 사는 사람들은 그 빌딩을 살 수 있을만한 능력을 키운다. 욕심과 탐욕이 아니라면 자신의 옳은 가치관으로 일상을 채운다는 것은 멋진 일이다. 그 어떤 가치관이 보다 더 빛난다고 말할 수 없다. 그러나 나는 감히 더 많은 사람들이 낮고 낮은 곳을 바라보기를 원한다. 지금도 어디에선가 일상을 빼앗긴 생명들이 자신의 삶을 되찾기를. 평범한 일상을 영위하는 이들이 그들을 보호하기를 원하기 때문이다. 내가 할 수 있는 일은 무엇일까. 남편은 그런 나의 고민을 너무도 잘 알고 있다. 그래서 그는 우리가 마주하는 이야기들이 두려울 때도 기꺼이 용기를 내준다. 자, 이제 이야기를 시작해 보자 다짐하는 표정으로 그렇게 나에게 질문한다.

"그래서 어떻게 됐는데!"

거의 모든 것의 마음

이 세상이 지금의 세상인 이유는 무엇일까. 나는 왜 하필 이 넓고 넓은 우주 중에서, 아니, 우주까지 가지 않아도 되겠다. 바다도 아닌 지금 이곳 대한민국에서 나로 살고 있는 것일까. 나에게 주어진 오늘은 오늘의 시간의 개념으로 인지하지만, 만약 그 인지 또한 결국엔 인간이 만들어낸 생각일 뿐이라면 그렇게까지 의미를 부여할 필요가 있을까. 내가 배운 역사는 우주의 시간에 비하면 그저 찰나의 순간. 인간의 생은 짧기에 그 생에 관한 찰나의 일들을 모두 기록한다 해도 우주적인 관점에서는 짧은 서사일 뿐이다. 그럼에도 우리는 기록하기를 멈추지 않는다. 그 이유 중에 하나는 역사로서 존재한다는 것을 스스로 증명하고 싶은, 동물과는 다른 사고, 욕망이란 단어로 불리는 인간 고유의 속성 때문이리라. 〈거의 모든 것의 역사〉에 기록된 문장들은 이 욕망의 움직임, 그리고 그에 대한 기록이 담겨 있다.

┄┄┄┄ 🐾 이 책은 그런 일이 도대체 어떻게 일어났는가에 대한 것이다. 특
히 아무것도 없었던 곳에서 무엇인가가 존재하는 곳까지 어떻게 오

생명으로 우리는 귀엽다

게 되었고, 아주 조금에 불과했던 그 무엇이 어떻게 우리로 바뀌게 되었으며, 그 사이와 그 이후에 무슨 일이 일어났는가에 대해서도 살펴볼 것이다. 물론 그런 일이 너무나도 방대하기 때문에 이 책의 제목을 감히 <거의 모든 것의 역사>라고 붙였다. 실제로 모든 것의 역사를 살펴볼 수는 없겠지만, 운이 따른다면 이 책을 읽고 나서 그렇게 느낄 수도 있을 것이다.

- <거의 모든 것의 역사> 서문 중에서

살다 보면 생각보다 일이 잘 풀리는 경우가 있고 생각처럼 일이 잘 풀리지 않는 경우가 있는데, 우리는 보통 후자의 경우가 많다고 생각한다. 그 이유는 전자의 기록은 생각의 회로에 깊이 각인되지 않기 때문이며 후자의 기록은 도려내고 싶어도 상처 또는 아픔으로 새겨진 탓에 잊을 수 없기 때문이다. 좋고 나쁜 일들이 딱 5대 5의 비율로 벌어진다고 해도 그렇게 객관적인 잣대로 그 일들을 기억하지 못하는 것이 우리 인간의 기억이다. 이런 이유로 기록은 중요하다. 얼마만큼 좋았고 나빴는지, 그 횟수는 어떻게 되는지 조금은 객관적으로 알아낼 수 있기 때문이다. 그러나 모든 기록이 완벽한가. 우리의 기억만큼은 아니더라도 기록이 모든 과거를 그대로 대변해 주지 않는다. 과거는 사라지고 말뿐, 남기고 싶거나 때론 붙잡고 싶어 애를 쓴다 해도 불가능한 일이다. 어떤 과학자는 말했다. 과거란 사실 존재하지 않는 것을 사람이 이야기할 뿐이라고. 보이지 않는 것을 믿고 존재하지 않는 것을 생각하는 일. 인간은 끊임없이 이렇게 미지의 세계에 남기를 원한다. 끝까지 다다르지 않아도 그 생각만으로 위안을 얻으며 말이다.

어리석은 일이다. 나는 잡을 수 없고 가질 수 없는 영역에 대해 탐구하고 생각하는 일을 어리석다고 생각했었다. 그러나 나는 가끔 이 어리석음을 내 삶으로 언제나 끌고 와 글을 쓴다. 어리석음이 나의 글쓰기의 출발, 때로는 원동력이 된다. 어떻게 해서든 내가 이미 가지고 있는 유한함의 현실을 있는 그대로 받아들이기 위해, 다시 되돌아오지 않을 과거를 한 번 더 바로잡을 수 있는 기회는 없을까… 이렇게 탄식하며. 그렇게 나의 글쓰기는 절망과 용기의 간극에서 치열히 싸우며 나아간다. 나의 경우는 글쓰기라고 하지만 세상에 많은 사람들은 자신만의 방법으로 자신이 이미 짊어지고 있는 우주를 벗어나려 한다. 누군가는 신에게 기도를 하기도 하고, 누군가는 세상에서 조금 더 유명하고 부유해지기 위해 삶의 우선순위를 정한다. 자신이 언제 어떻게 정했던 건지 그 시작을 명확히 알지도 못한 채, 우리는 우리도 모르게 우리로 만들어진 시간을 따라 살아간다. 누군가는 그것을 삶의 가치관이라 부르기도 하지만 가치관이란 상황에 따라 삶에서 절망의 순간을 몇 번 지나왔느냐에 따라 그 농도와 깊이, 모양이 달라진다. 그러나 대부분의 사람들은 자신이 어떤 가치관으로 살아가는지 조차 진지하게 생각하지 못한 채 급급한 하루를 채워간다.

〈거의 모든 것의 역사〉는 과학적 사실과 증거에 기반해 인간이 역사라 칭한 모든 것들을 아주 짧은 구간씩 정리해 놓은 글이다. 꽤 두꺼운 책이지만 이를 짧다고 말하는 것은, 과거라고 불리는 모든 시간을 책 한 권으로 담아내려는 논리의 총합이기 때문이다. 한 사람의 인생도 단 한 줄로 정리할 수 없듯 인류의 역사를 책 한 권으로 설명한다는 것은 불가능한데, 저자는 이 유한함을 인정하면서 인간이 살아가는 거의 대부분의 모든 영역에서의 역사적 관찰 시도를 멈추지 않았다. 내가 이 책이 위대하다고 여기는 이유가 여기 있다. 모든 것의 역사를 담아서가 아니라 모든 것의 역사를 담아내는 것이 불가능하다고 인정하면서 시작한 연구였기 때문이다. 그렇기에 아마도 한 사람이 담고 싶었던 이 세상의 모든 역사란 단순한 과학적 결과를 쏟아내고자 함이 아닌, 인간의 유한함을 인정하고 결국엔 오늘날을 살아가는 이유에 대해 의문을 제기하고 싶었던 것이리라. 삶을 주어진 대로 흘러가는 대로 보내는 것이 아닌 끊임없이 탐구하고자 했던 자세. 나는 이 책의 마지막 장을 넘기며 결국에는 한 사람의 역사를 보았다.

이 책의 중반부에 가면 '존재의 풍요로움'이란 소제목을 만난다. 이 글은 한 생명이 탄생하기까지 그 생명을 둘러싸고 있는 겹겹의 역사와 생물론적 접근은 단순히 하나의 현상에 그치지 않는다는 것을 알아차리게 한다. 한 생명이 이 땅에 생명으로 존재하기까지 수많은 생명의 연결고리가 있으며, 그 연결고리 속에는 더 작은 연결고리가 존재한다. 수많은 과학자들은 이 작은 단위의 연결고리를 파헤치며 결국에 단 하나로 존재하는 생명에 대해 설명하려 하는데 그 파헤침의 결과를 놓고 본다면 결국에 모든 생명은 단 하나의 우주와 다를 바 없다는 것을 알아차린다. 대한민국만을 놓고 생각하더라도 홍수같이 쏟아지는 이야기와, 그 이야기가 얼마나 많은 사람에게 가 닿았는가를 놓고 가치를 판단한다. 물론 공감대 형성과 좋은 문장, 탄탄한 스토리는 그 가치의 발현이 의심 없도록 한다. 그러나 우리는 경계해야 한다. 소외되는 이야기가 없도록, 쓸모없다 여겨지는 생명이 없도록 말이다. 모든 상황을 알아차리고 생각하며 유명해지는 반열에 둘 수는 없겠지만 의미 없다 여겨지는 영역은 없어야 한다고 생각한다. 존재의 풍요로움은 존재로 가능하기 때문이다.

이를 빌 브라이슨은 '대부분의 생물은 매우 작아서 간과하기 쉽다'라고 표현했는데, 이 문장의 출발이 진드기의 배설물이라 할지라도 지구의 영역에 존재하는 풍요로움의 일부라는 사실이다. 우리는 과학을 통해 아주 작은 영역으로 파고드는 생명의 존재에 대해 알아갈수록 인간이 간과하고 있는 존재에 대한 오만함이 얼마나 어리석은 것이었는지 알아차리게 된다.

나도 처음엔 단순히 과학적 지식을 조금씩 향상시키기 위해 이 책을 펼쳤다. 그 어떤 것도 무조건 믿어라 하는 식의 논리가 이해되지 않았던 나는 신을 대하는 마음도 과학을 대하는 마음도 단 한 번에 정리하고 싶지 않았다. 그런 의미에서 생명의 유무가 역사적으로 어떻게 증명되어 왔는가 하는 질문에 대해 평생을 연구하고 글을 쓴 어느 과학자의 삶이 오늘날 내 삶에도 의미 있는 도약이 되었다. 우리는 과학을 읽지만 결국엔 사람이 살아가는 방법을 배우고 신을 이해하지만 그것은 또한 결국에 사람을 이해하는 방법을 배우는 일이 된다. 모든 이들은 이 과정을 멈춰서는 안 된다. 내가 가진 오늘날의 생각은 아주 작은 영역일 뿐이며 억울하지만 우리는 이미 주어진 환경에서 쉽게 벗어나기 어려워서 언젠가 사라지고 없어질 그저 또 하나의 작은 존재일 뿐이기 때문이다. 어떤 이들이 위대하다거나 대단하다고 여기는 모든 호화스러운 말들은 그저 흩어지고 사라질 역사일 뿐이다.

제 선택은요

서바이벌 음악 프로그램이 우후죽순 쏟아진다. 텔레비전을 켜면 모든 채널에서 노래를 하는 것만 같다. 경쟁에 익숙하고 심지어 경쟁을 너무 좋아하는 우리는 사랑도 경쟁을 해야만 관심을 쏟는다. 경쟁이 나쁘다고 생각하지 않지만 경쟁이 너무 과열된 양상은 어딘가 좀 불안하다. 이건 경쟁을 떠나 즐기고자 하는 일이라고 해도 결국 경쟁은 경쟁이다. 치열하다 못해 감정이 극대화되면 결과에 상관없이 경쟁 상황에 놓인 사람들은 누구든 눈물이 왈칵 쏟아진다. 이런 장면들이 대중에게 희망을 주는 것처럼 보이지만 일반 대중들은 끝내 누군가의 실패를 즐기는 것 같은 느낌은 지울 수 없다.

그래서일까, 언젠가부터 나는 노래가 나오는 모든 프로그램이 조금 불편하다. 순수한 가사나 아름다운 음정이 아닌 누군가와의 경쟁이나 돈의 수단으로 전락한 예술이 안타깝고 쓸쓸하다. 이런 현실 속에서도 예술은 그럼에도 불구하고 어딘가로 나아간다. 경쟁이 없는 곳에서 때론 보이지 않는 곳에서 예술은 예술로 살아남기 위해 애를 쓴다. 내가 예술을 좋아하는 이유는 그럼에도 불구하고 꼭 그럴 필요는 없는데도 이렇게 살아남아줘서 그렇다. 글을 쓴다는 것은 혼자만의 일이었을 때 가치가 있는 것인가 아니면 누군가와 나누고 소통할 때 진짜 온전해지는가를 고민한다. 물론 두 가지 상황 모두 옳다고 할 수도 있고 그렇지 않다고 할 수도 있을 것 같다. 그러나 분명한 것은 누군가의 글쓰기가 오늘도 현실로 이루어져야만 이 모든 의견과 생각의 공유가 가능하다는 점. 이 사실 때문에 나는 글쓰기의 갈피를 잘 알지 못하면서도 무조건 쓰겠다는 마음을 앞세운다. 경쟁과 선택을 하는 과정은 어느 때나 누군가의 외로움을 딛고 선다. 승자가 있으면 패자가 있고, 성공의 사례가 있으면 그 뒤에는 수많은 실패의 사례들이 있다. 단 하나의 왕관을 거머쥐기 위해 우리는 얼마나 많은 삶의 모양을 외면하는가. 나는 경쟁하는 마음에 대한 추적이 우리에게서 멈추지 않기를 바란다. 언젠가부터 이 지구가 인간의 경쟁으로 인해 곳곳의 수많은 존재들을 당연히 외면하게 됐다는 생각 때문이다.

몇 주 전 흥미로운 다큐멘터리를 본 적이 있다. 겔라다개코원숭이는 무리의 온전함과 계승을 위해 왕을 세운다. 수컷들은 암컷들의 선택을 받기 위해 쟁탈전을 벌이는데 이 전쟁을 위해 아주 어린 시절부터 무리 안에서 싸움을 배운다. 넘어지고 쓰러지고 절벽으로 떨어지면서 자신의 강인함을 키운다. 이 모든 상황을 암컷들은 지켜본다. 어떤 순간에는 하늘의 맹수가 무리의 새끼원숭이를 사냥하기 위해 창공을 배회한다. 바로 그때 왕위를 노리고 있는 수컷들의 행동이 중요하다. 얼마나 빠르게 새끼원숭이들을 대피시키느냐, 그리고 이 상황을 무리에게 적극적으로 알리느냐에 따라 왕위가 결정될 수 있다. 암컷들이 지켜보고 있기 때문이다. 흥미로운 것은 단 한 마리만이 무리의 왕이 되는데, 이 왕을 견제하는 수컷들, 즉 다른 세력은 한 마리가 왕위에 오른다고 하여도 늘 존재한다는 것이다. 어느 때나 왕좌에 오른 원숭이가 빈틈을 보이면 다른 수컷들은 자신의 존재를 뽐내기 위해 암컷들에게 튼튼한 잇몸을 드러내 보인다. 그러다가 왕좌를 빼앗기 위해 기회를 엿보며 배회했던 어느 수컷의 역습이 행동으로 옮겨지는 날에는 온 무리가 혼란에 빠진다. 혼란이 잠잠해지는 날에 새로운 질서가 생기는 것이다.

이들이 자신들의 사회와 공동체를 지킬 수 있는 이유는 다름 아닌 이 혼란과 온전함을 반복하기 때문이다. 누군가의 선택이 필요한 경쟁이 치열해지다가도 정도를 지키고 다시 질서로 돌아온다. 모두가 다 왕이 될 수 없다는 사실을 알기 때문이다. 왕좌에 도전했지만 그곳에 오르지 못한 패자는 다시 한번 도전의 기회를 노린다. 때로는 싸움으로 번지는 그 순간을 치열하게 대면하다가도 싸움이 끝나면 더 이상 욕심을 앞세우지 않는다. 한편 왕좌를 지키기 위한 원숭이는 자신의 자리를 지키기 위한 방법이 자신의 자리에서 최선을 다하는 일임을 알면서도 느슨해지곤 한다. 모든 것이 자연의 섭리다.

원숭이들도 동물의 무리들도 경쟁을 한다. 그러나 경쟁의 결과가 어떠하든지 간에 자신의 자리로 돌아온다는 것이 그들의 경쟁 규칙이다. 우리의 경쟁과는 조금 다르다. 이것은 내려놓는다는 개념과는 다르다. 요점은 무엇이 되지 않더라도 괜찮다는 것이 아니라, 본래 우리가 머물러야 할 곳이 우리가 경쟁했던 그 지점이 아닐 수도 있다는 점을 이야기하고 싶은 것이다. 무엇이 되지 않더라도 그렇게 과열되지 않았던 상황에서도 우리는 우리였다. 어떤 상황을 벗어나기 위해 경쟁에 뛰어들고 무엇인가를 쟁취해야만 삶이 삶인 것이라고 여겼던 모든 삶에 대한 정의는 오류가 있다. 사실 우리는 아무것도 아니라고 할지라도 그 정의 이전에 이미 아무것도 아닐 수 없다. 우리 개개인이 아무것도 아니라는 것은 애초에 통용될 수 없는 문장이라는 것이다. 그러나 우리는 때로 동물과의 관계, 나아가 자연과 지구, 우주와의 관계 속에서 이 점을 착각하는 것만 같다. 동물을 인간이 소유해야만 한다는 생각, 자연을 뛰어넘어 지배할 수 있어야 한다는 생각, 지구를 넘어 우주에 꼭 도착해야 한다는 생각이 모두 그렇다. 우리는 스스로 우리의 삶에 경쟁을 불어넣는다. 지구는 가만히 태양을 돌 뿐이다.

우리 역시도 겔라다개코원숭이처럼 경쟁을 하지만 경쟁을 하지 않았던 모든 날들을 온전하게 보낼 자세가 있다면 나는 그 경쟁이 조금은 다양해져도 괜찮다고 본다. 그러나 누군가의 우위에, 관계의 주도에, 상황에 도전하며 살아가고 싶은 인간의 욕심은 앞으로 달리기만 할 뿐이어서 자꾸만 숨이 차오른다. 우리에게 있는 것들과 현재를 조금 더 진득하게 누려보면 어떨까. 어쩌면 우리가 알아차리지 못했던 본연의 아름다움이 우리가 그동안 사로잡혔던 경쟁보다 더 매력적으로 느껴질지도 모르겠다. 나는 더 이상 나아가는 사회와 선택을 하고 받는 사회에 대해 열광하지 않고 싶다. 만약 그런 현실이란 이미 쏟아진 물이어서 주워 담을 수 없다면 이제 다시 채워질 새로운

물은 쏟아지지 않도록 천천히 조심스럽게 부어지기를 바란다.

본연의 것을 찾아가는 감수성이란 예술을 예술이라 할 수 있는 초석과 같은 마음이다. 동물 복지와 생명 존중. 함께 살아가는 생태계와 다시 숨을 쉬어야 하는 지구에 대해 알리기 위해 또는 그런 삶을 살아가기를 실천하기 위해 일단 무엇이든 시작하기를 원했다면 가장 시급히 우리는 지금으로부터 더 나아지려는 경쟁을 멈춰야 한다. 동글동글 천천히 하루를 꼬박 채우며 돌아가는 지구가 그랬던 것처럼. 그래서 오늘 나의 선택에 대해 적는다. 무엇이 되려는 글쓰기가 아닌 그저 나로 쓰는 삶이라고.

승부에 대하여

작은 언덕만 올라가면 아빠는 손을 잡아준다고 했다. 이 언덕만 올라가면 곧 목적지에 도착할 거라는 믿음으로 나는 또 한 계단을 오른다. 가파른 숨을 천천히 고르며 다시 한번 날숨과 들숨을 반복한다. 그렇게 또 한 계단. 드디어 그 작은 언덕을 다 올랐다. 그러나 봉우리는 여전히 멀리 있다. 목적지는 아직 보이지 않는다. 이렇게까지 열심히 올라왔는데 아직이라고? 아빠의 속임수에도 이제는 속지 않는다. 내 힘으로 가거나 또는 가지 않거나 내가 결정해야 할 문제다. 일단 가기로 마음먹고 또 한 계단을 오르는 순간 나는 생각한다. 저기 저 높은 곳에 도착하면 그다음에는 무엇이 있을까. 나는 정말 하늘을 다 가진 것 같은 기분이 들까? 그렇다고 저 하늘을 주머니에 넣고 올 수도 없을 텐데 이 계단을 오르는 건 정말 나에게 필요한 일인가. 아, 일단 다 모르겠고 지금 너무 힘들다. 더 이상 한 계단도 오르지 못하겠다. 그렇게 못하겠다는 생각을 반복하다 보니 어느새 정상이다. 아빠가 말했던 작은 언덕은 돌아보니 꽤 큰 언덕이었고, 아빠의 속임수가 없었다면 나는 넘어오지 못했으리라. 나는 그렇게 아빠

생명으로 우리는 귀엽다

와의 등산을 통해 배운 것이 있다. 승부란 이런 것이라고.

　　승부는 다른 이들과 견주는 것이 아니었고 작은 봉우리도 아니었다. 나의 인생에는 오직 나와의 승부만 있을 뿐이다. 언젠가 자존심을 건드렸던 타인에게 화가 났던 때도 화를 그치거나 그 상황에서 벗어날 해결책은 마음에 있었다. 어린 시절에는 또래 집단에서 느꼈던 친구와의 관계에 대해 도무지 실마리가 보이지 않았을 때에도 선생님과 친구들은 답을 내려주지 않았다. 어른이 되어서도 마찬가지였다. 세상에서 일어나는 수많은 문제에 대해 누군가 조언이 필요하다고 느껴서 이곳 저곳을 찾아다니기도 했지만 결국에 내 앞에 놓인 작은 언덕을 오르는 건 나의 힘으로 한 일이었다. 나는 조금씩 삶에서 마주한 작은 언덕을 넘고 또 넘어 지금의 언덕 앞에 서 있다. 오늘날 앞에 있는 나의 언덕이 얼마나 높고 험난할지 아직 알 수 없다. 그러나 나는 이미 나와의 승부수를 던진 상태다. 혼자만의 힘에 대해 자신 있게 말하는 말들은 이기적인 마음과는 별개다. 그들은 누군가에게 이제부터 당신은 혼자 그 길을 가지 말고 함께하자는 위로를 여유롭게 건딜 수 있는 힘을 가진 사람들이다. 언덕이라 부르는 수많은 모양의 삶의 아픔을 이해하며 건네는 위로와 같다.

　　한때 바다를 향해 앉을 수 있는 책상을 갖고 싶은 적이 있었다. 바다를 보며 낭만을 뽐내면서 글을 쓰고 싶어서가 아니라 바다속이 보이지 않으니 보이지 않는 저 먼 곳까지 오래도록 살펴서 글을 쓰고 싶었기 때문이었다. 나는 도심에 살아서 바다를 보는 책상을 갖지 못했지만 이제는 바다의 심연과 같은 사람의 마음을 볼 수 있는 책상을 갖게 됐다. 아침에 분주하게 움직이는 사람들, 저마다의 바쁜 사연들, 울고 웃는 대화들, 언젠가는 갑자기 우리 곁을 사라지는 사람들까지. 사람들은 각자의 언덕을 넘으며 자신만의 심연을 갖고 있고 내 주변의 한 사람의 인생에만 귀를 기울여도 세상에 단 하나뿐인 이야기, 그래서 아름다운 이야기가 완성된다는 것을 알았다. 좋은 작가가 되는 방법은 아직 잘 모르겠다. 오히려 유명해지는 것이 더욱 쉬울 것도 같다. 나는 당신의 심연을 정말이지 자세히 들여다보는 진정한 작가인가. 그래서 나는 이 승부를 계속해도 될까.

아빠는 나와 함께 산을 오를 때마다 말했다. 나의 발걸음이 지금도 너무 빠르다고 말이다. 천천히 올라가야 한다. 나의 발걸음을 느끼면서 가다 보면 어디로 가야 할지 더욱 명확히 보인다. 없던 길이 생겨나는 기적도 경험한다. 그래서 나는 내 삶에 펼쳐진 작은 언덕이란 승부를 조금씩 오르는 중이라고 말하고 싶다. 나의 발걸음을 보면서 말이다. 당신의 일렁이는 심연을 어떻게 하면 더욱 더 자세하고 친절하게 들여다볼 수 있을까. 내가 그렇게 당신의 삶을 잠시 글로 옮겨도 되겠는가. 그래서 나는 당신에게 다가간다. 알 수 없었던 당신의 마음이 보인다. 그렇게 작은 언덕을 또 넘는다.

오늘 나는 목포에 있는 이름 모를 항구에 와 있다. 저 멀리 파도가 일렁이지만 땅에 서 있는 나에게는 파도 소리가 거의 들리지 않는다. 만약 가 닿아야 할 파도가 지금 내가 보고 있는 소리 없는 저 먼 곳의 파도라면 나는 얼마나 더 오래 헤엄쳐야 할까? 당신의 고유한 삶을 이해하고 공감하려면 나는 얼마나 더 오래 당신 곁에 머물러 우리 삶

생명으로 우리는 귀엽다

속에 펼쳐진 작은 언덕들을 넘어야 할까? 알 수 없고 끝이 없어 재미있지만 여전히 어렵기만 하다.

　　나의 승부는 바다에 있고 저 먼 곳에 있는 당신의 마음들에 있다. 그리고 그 전에 내가 만든 나의 세상에 있다. 나는 그래서 바다와 당신을 사랑하는 만큼 나의 날들을 사랑하기로 한다. 우리가 각자 가지고 있는 그 세상이 그렇게 존재했으면 좋겠다. 서로에게 승부의 검을 겨누지 말자. 나와의 승부도 아직 끝나지 않았다. 계속해서 글을 쓰는 일, 나와 그리고 내게 던져진 세상에 대하여 생각하고 무엇인가로 남기는 일, 승부는 어쩌면 오늘날 나에게 주어진 기회이자 살아있음의 증거다. 내가 시작하기로 한 나의 글쓰기로 이 승부를 어떻게든 끝낼 수 있을까.

돌고 돌아 다시 돌아가기

내가 동물에 대한 글쓰기를 시작한 이후 새로운 친근감으로 다가오는 사람들이 있다. 나는 그런 인연들이 너무 소중해서 오히려 적극적으로 다가가지 않고 있다. 살면서 체득한 지혜 중 하나가 욕심이 앞서면 진짜 하고자 하는 일을 놓치게 되는 경우가 있다는 사실이었다. 그러나 아주 천천히 조금씩 단단히 채워진 인연은 작은 시련이나 상처에는 금방 일어설 수 있는 힘으로 더더욱 온전해진다는 것을 알기에 나는 누구에게든 천천히 다가가려 한다. 그러나 그 누구도 내가 관계에 있어서 이렇게 노력한다는 사실을 눈치채지 못한다. 왜냐하면 나는 오프라인으로 만나면 상대방에게로 성큼 다가가며 재밌게 이야기하는 사람이기 때문이다. 그러나 그를 만난 이후 나는 모든 만남을 재밌게 다가갈 필요는 없다고 생각했다. 그가 처한 현실과 삶의 무게를 내가 속단하며 감히 유희로 치부할 수 없었기 때문이다.

그는 낙타의 주인이다. 그의 옆에 있었던 세 마리의 낙타는 자신보다 작은 한 사람의 손짓에 방향을 튼다. 사막 한가운데 놓여있는

생명으로 우리는 귀엽다

낙타들은 태울 손님들을 기다린다. 아주 오래전 자신의 조상들이 사막을 지났던 사명을 기억하듯 그들은 비슷한 모습을 취한다. 오늘 해야 할 일에 대하여 본능적으로 생각한다. 낙타의 주인이라 말하는 그는 그의 낙타들을 줄지어 세운다. 낙타만의 고유한 등곡선을 화려한 천으로 가린다. 어떤 손님들은 이 등을 무서워한다는 이유에서다. 요즘은 비수기라 그래도 낙타를 찾는 사람들의 발길이 뜸하다. 한창 때는 온종일 사람을 태우고 드넓은 사막을 걷고 또 걸었다. 가야 할 목적지가 있는 것은 아니었다. 한 바퀴를 돌면 된다. 우리 돈으로 약 5만 원. 누군가는 비싸다며 흥정을 한다. 낙타 위에 올라탈 때까지 5만 원, 4만 원, 때론 3만 원. 정해진 금액은 없다. 돈이 얼마가 되었건 낙타는 자신의 등 위로 사람의 무게가 느껴지면 일어서서 걷고 또 걷는다.

내가 낙타를 만난 건 남편과 함께 호주를 여행했을 때다. 우리는 시드니 외각으로 나가 호주의 아름다운 자연을 볼 수 있는 당일 투어를 신청했는데, 그중 도심과 멀지 않은 곳에 사막이 있었고 사막에서 모래 썰매를 타거나 낙타를 타거나 둘 중 하나를 선택할 수 있었다. 남편은 나에게 묻지도 않고 모래 썰매를 선택했다. 내가 언젠가 동물에게 올라타는 인간의 문명에 대해 극도로 불편한 표정을 지으며 설명을 했던 적이 있었기 때문이다. 동물은 분명히 인간과 다른 신체 구조를 지니고 있고 인간과 공생하는 과정에서 인간이 동물의 도움을 받는 것은 어쩌면 자연의 순리일 수 있다. 그러나 지금은 인간이 이를 너무 악용하고 있고 필요 이상으로 동물이 노동을 하도록 강요하고 있다는 점을 이야기했었기 때문이다. 내가 이런 현실에 대해 불

같이 화를 내면서도 끝에는 눈물을 흘린다는 사실을 알았던 남편은 화를 내는 내 모습도 싫고 눈물을 흘리는 내 모습도 싫기에 동물 이야기는 이제 그만했으면 좋겠다는 이야기를 하곤 했다. 그런데 이제는 내가 동물에 대한 글을 쓰겠다고 끊임없이 이야기하는 바람에 남편은 늘 화를 내거나 눈물을 흘리는 나를 만난다. 남편은 가끔 나를 다른 생각으로 환기시켜 주려 애를 쓴다. 그런데 하필 그날 호주의 사막에서 낙타를 보게 될 줄이야. 남편은 내가 낙타를 보지 않기를 바랐다고 했다. 그러나 그 계획은 실패했다. 모래 썰매를 타러 가는 길에 자연스럽게 낙타들을 만났다. 그리고 나는 곧장 낙타들에게로 다가갔다. 낙타의 눈빛을 보았고 수많은 사람들이 앉았던 등을 보았다. 화려한 모자로 얼굴을 반쯤 가렸지만 고유한 빛깔은 가릴 수 없었다. 그때 낙타들의 이야기를 듣게 된 것이다.

내가 낙타의 주위에서 계속 맴돌며 그들을 관찰하고 있으니 주인은 이제 그럼 낙타를 탈 것이냐고 물었다. 나는 낙타를 타지 않겠다고 했고 낙타들이 건강했으면 좋겠다고 말했다. 낙타 주인은 내 말을 이상하게 알아차렸다. '낙타는 안전하다. 배고프지 않다. 충분히 한 바퀴 돌 수 있다'고 말했던 기억이 난다. 낙타가 건강하길 바란다는 나의 관점에 대해 그는 다르게 해석했던 거다. 더 이야기를 할 수 없었던 나는 낙타와 눈인사를 나누고 모래썰매장으로 갔다. 모래 썰매를 타기 위해서는 모래 언덕을 한 걸음씩 밟고 직접 올라야 하는데 푹푹 꺼지는 발 때문에 평범한 언덕을 오르는 것보다 몇 배로 힘이 든다. 그렇게 썰매를 탈 수 있는 지점에 이르면 꽤 높은 경사가 아찔하면서도 신비롭다. 한 번 크게 숨을 쉬고 저 먼 끝지점에 닿아있는 모래와 하늘의 지평선을 바라본다. 무엇인가 분명히 있지만 그 끝에 가야만 알 수 있는 그곳이 보인다. 천천히 걷다 보면 도착할 그곳이지만 발길을 내딛지 않으면 평생 갈 수 없는 그 어느 지점이 보인다. 나는 그 지평선에 눈을 떼지 않고 썰매를 타기 위해 자리를 잡았다. 호흡을 가다듬는다. 먼저 내려간 남편은 조심하라고 소리친다. 모래를 손으로 밀어내며 썰매가 앞으로 가도록 한다. 속도가 붙는다. 밑으로 슝… 내가 지나온 자리에 모래 흔적이 남는다. 목적지에 도착했다. 올라간 것에 비해 너무 순식간에 내려왔다. 조금 허무하기도 하지만 나는 올라간 그 자리에서 볼 수 있었던 사막의 지평선을 다시 보기 위해 모래 언덕을 다시 올랐다. 그리고 다시 고요한 사막의 소리에 귀를 기울였다. 바람을 느꼈다. 저 먼 곳에 분명히 있지만 아직 닿지 않은 세상에 대한 희망을 온몸으로 느꼈다.

나는 오늘날 여전히 동물을 인간의 도구로 전락시킨 관광 산업의 실태를 만난다. 실제로 내가 사는 곳에서 얼마 떨어져 있지 않은 우리 지역의 유서 깊은 공원에는 여전히 꽃마차를 끄는 말이 존재한다. 가끔 그곳을 지나다 보면 말은 자동차 사이를 요리조리 피해 걷고 있는데, 마차 안에는 사람들이 행복한 표정으로 앉아 있다. 마차에 탄 사람들은 말의 표정을 보지 못한다. 말이 어디로 가고 싶은지 알 수도 없다. 화려한 꽃마차를 짊어진 말은 스스로의 생을 꽃마차 주인에게 맡겼을 뿐이다. 평생을 노역하고 매일 같은 자리를 돌고 돌았던 대가에 대해서 기대하거나 생각하지 않는다. 자신이 마차로 태웠던 사람들의 표정이 어땠는지 본 적도 없다. 꽃마차를 끄는 말은 인간의 도구일 뿐 그 이상도 이하도 아니기 때문이다. 나는 여기서 꽃마차로 생계를 유지하는 한 사람에 대한 인정에 대해 평가를 하거나 그가 다른 삶을 살아가야 하는 것이 아닌가 하는 문제를 이야기하려는 것이 아니다. 꽃마차의 주인이나 꽃마차를 타려는 사람이나 이를 지켜보며 아무것도 하지 않은 우리 모두를 향해 과연 동물이 인간의 도구로 살아가는 현실에 대하여 누구도 문제제기를 하지 않는 지금에 대해 이야기를 하고 싶은 거다.

어쩌면 꽃마차의 주인은 그 마차를 끄는 말을 누구보다 사랑한다고 말할 수도 있겠다. 그가 노동하는 현실에 대해 녹록지 않게 생각하는 만큼 그가 물건으로 소유하고 있는 말에 대해 연민의 마음을 가질 수도 있을 것이다. 어쩌면 그는 그의 생과 말의 생이 별반 다르지 않다고 여기며 스스로를 말과 동일시 할 수도 있을 것이다. 내가 가장 이 말을 잘 알고 있다는 합리화가 그와 그의 말이 여전히 공원으로 돈벌이를 하러 오게 하는 원동력이 될 수도 있을 것이다. 그러나 이 마음에는 오류가 있다. 말은 단 한 번도 그렇게 말하지 않았다는 것이다. 오늘은 이 공원을 돌고 돌았지만 내일 아침에도 건강한 모습으로 여전히 이 공원을 돌고 돌 거라는 안정적인 바람은 말에게 있지 않고 말의 주인에게 있다. 말은 자신의 건강과 죽음까지도 한 사람에게 내 맡겼을 뿐 그 어떤 자유를 꿈꿔본 적이 없다. 이쯤이면 우리는 다시 한번 생각해야 한다. 돌고 도는 인생에 대해 모두가 다 동의하는 입장이라면 한 생명의 돌고 도는 인생에 대하여 그 누가 온전하게 소유할 수 있다는 말인가. 내가 꽃마차의 주인으로 살아가고 있는 한 사람의 생에 대하여 평가할 마음이 없는 것처럼 꽃마차의 주인도 한 생명에 대하여 노역의 도구로만 사용하고 있는 현실을 새롭게 바라

생명으로 우리는 귀엽다

봐야 한다고 확신한다. 그것은 저 먼 나라 호주의 어느 사막에서 낙타로 살아가지 못하는 낙타에게 화려한 천을 씌우고 있는 누군가에게도 전하고 싶은 말이다.

"아직도 그 공원에는 마차가 있어요." 내가 동물에 대하여 글을 쓴다는 사실을 알고있는 누군가가 나에게 제보를 하듯 메시지를 보냈다. 동물을 좋아하고 도심 속에 인간의 도구로 살아가는 그들을 불쌍히 여기며 전한 문장이다. 마차를 끄는 말의 표정과 모습이 보였던 그녀는 누군가가 이 말에 대한 이야기를 해주기를 원했고 그녀 스스로도 자신이 할 수 있는 이야기를 하겠다고 했다. 세상은 빠르게 변하는데 동물들의 생에 대하여 생각하는 사람들의 인식은 왜 이렇게 더디게 변하는가. 이런 현실이 슬프다고 했다. 나도 그녀의 이야기에 동의했다. 동물들에게는 보이지 않는 지평선을 누군가 대신 봐 줘야 한다고 말하면서 고개를 끄덕였다. 그러나 나는 동물의 생에 대한 감수성을 올바르게 이야기하기 위해서는 인간의 마음을 먼저 헤아릴 수 있어야 한다고 믿는다. 인간이 왜 동물을 도구로 생각하고 있는지, 그 생각의 흐름이 바뀌려면 어느 지점까지 공감하며 설득해야 하는지를 말이다. 동물이 생명으로 존재하는 바에 대해 본질적으로 다가가면 단 한 번에 나올 수 있는 결론이지만 인간은 왜 이렇게 무지함 속에 오래도록 머물러 있는 걸까.

마차를 끌고 낙타에게 화려한 천을 씌우는 그 누군가가 동물을 해치는 사람이라고만 설명할 수는 없다. 그러나 인간의 생각이 동물을 인간의 유희나 돈의 수단으로 여기는 지점에 대해서는 분명히 비판의 잣대를 세워야 할 것이다. 그렇다면 우리는 이 간극을 어떻게 좁혀야 하는가. 나는 먼저 나와 같이 평범한 사람들이 마차를 탄 순간 웃지 않기를 바란다. 그것이 시작이라고 믿는다. 자동차를 피해 아슬아슬하게 발걸음을 옮기는 말의 표정이 사람들의 눈에 들어오기를 바란다. 낙타의 등에 올라탄 사람들이 5만 원 보다 가치 있는 여정이 무엇인지 고민하기를 원한다. 인간이 동물을 인간의 도구로 전락시켰다면 다시금 생명으로 생을 불어넣을 수 있도록 할 수 있다고 믿는다. 인간은 동물과 같이 이 지구를 살아가는 생명이기에, 생명으로 존재하는 우리의 시작과 끝은 단 한순간만 진지하게 고민한다면 이 모든 것은 아주 쉽고 간단하며 당연한 이치로 가는 길이 보일 것이라는 것은 자명하다. 그렇다면 인간으로 살아가고 있는 우리가 해야 할 일은 무엇인가. 발이 푹푹 빠져서 올라가기 너무 힘든 비탈진 곳을 포기하지 않고 올라가면 된다. 목적지에 도착하면 분명 아주 오래전부터 존재했지만 단 한 번도 보지 못했던 광활하고도 아름다운 세상이 생으로 존재하는 우리 모두를 기다리고 있을 것이다. 내가 살고 있는 지금의 세상에서 나는 돌고 돌아 다시 돌아가는 이야기를 쓴다고 할지라도 이 글쓰기를 포기하지 않을 것이다.

생명으로 우리는 귀엽다

훌륭한 예외

문학작품을 읽다 보면 그 작품을 쓴 작가의 세계관은 도대체 어디에서 왔을까 하는 의문이 들 때가 있습니다. 세상을 바라보는 관점, 현실을 직시하는 능력, 나아가 보다 더 나은 미래를 제시하거나 절망하는 이야기의 짜임새를 볼 때마다 놀라움을 금치 못합니다. 저는 작가들의 이런 능력에 대해 진지하게 고민해 본 적이 여러 번 있습니다. '과연 그 능력은 어디에서부터 온 것이며 어떻게 자란 것일까?' 생각의 끝에 다다른 지점에서 이런 능력은 누구에게나 있다는 것을 알게 됐습니다. 다만 그 능력에 대해 집중하고 파고드느냐 그렇게 하지 않느냐의 차이가 있을 뿐입니다. 저는 누구나 작가가 될 수 있다고 생각하는 편입니다. 그 생각 때문에 제가 살고 있는 지역에서 아무도 하지 않았던 글쓰기 모임도 열었습니다. 물론 글을 쓰며 다양한 방법으로 작품 활동을 펼치고 자신만의 세계를 만드는 사람들은 그 세계를 만들기 위해 긴 외로움의 시간을 견뎌야 합니다. 홀로 고단하고 지난한 시간을 견디고 또 견디다 보면 어느 누군가의 삶에 조금씩 스며드는 이야기를 만들 수 있는 용기가 생깁니다. 그 용기는 겨우 시작입니다. 그 용기를 딛고 천천히 글을 써내려갑니다. 복잡한 생각과 멈추지 않는 두려움은 글쓰기를 방해할 때도 있습니다. 그러나 그 모든 과정을 차분하게 그리고 자신만의 독보적인 간절함으로 나아가기를 멈추지 않은 사람들에게 그 글을 읽은 또 다른 사람들은 박수를 보냅니다. 이것은 위대한 일일 수도 있고 그렇지 않은 문제라고 생각할 수도 있는데 역시나 판단은 독자들의 몫이니 작가는 오직 글로 이야기할 뿐 입니다.

　하지만 조금 가볍게 생각한다면 이는 모든 사람들이 작가가 될 수 있다는 전제가 됩니다. 나만의 세계를 그리는 일은 오직 한 개인만이 할 수 있는 일이기 때문입니다. 제가 시작한 글쓰기는 바로 이 사실을 알아차린 후에 더 단단해졌습니다. 제가 시작한 글쓰기 모임은 '제발 당신의 삶을 그냥 내버려 두지 마세요. 어떻게든 여러분의 삶에 여러분이 스스로 주인공이 되어 주세요'라는 마음에서 출발한 모임입니다. 사실 작가가 아닌 모든 일도 그렇습니다. 무엇이든 될 수 있느냐 없느냐를 결정짓는 요소는 환경이 아닌 개인의 의지와 생각, 그리고 결심에 있다고 확신하고 싶습니다.

　물론 세상에는 예외적으로 놀라운 능력을 지닌 사람들이 있는 것 같습니다. 범접할 수 없는 환경에서 태어나 출발 선상이 다른 경우도 있습니다. 저는 예술의 영역은 그런 면에서 조금 특별하다고 생각합니다. 타고난 것에 대한 탄식이라고 해야할까요. 예술을 예술로 표현하는 사람들을 보면 과연 사람일까 싶을 정도의 감탄이 저절로 터져 나옵니다. 인간이 가진 이 예술성, 특별한 감수성, 놀라운 이성적 판단 능력이 결국엔 우리가 오늘날 절망하고 있는 현실을 구해 낼 수 있는 수단이 아닐까 생각할 때가 있습니다. 아니 어쩌면 그렇게 됐으면 하는 소망이 더 큰 마음일지도 모르겠습니다. 인간은 인간의 모습으로 태어나 절망을 경험하지만 또다시 인간으로 인해 희망을 품고 살아갑니다. 저는 보다 더 많은 사람들이 각자 가지고 있는 예술성과 감수성, 그리고 자신이 삶으로 켜켜이 쌓아 올린 정서를 가지고 오늘날의 끔찍한 세상을 돌이킬 수 있을 거라 확신합니다. 그것이 구원이라는 단어로 표현할 수 있다면 개개인이 가진 능력대로 인간은 서로를 위해 구원에 동참해야겠다는 필요성을 가질 수 있을 것입니다. 저는 먼저 우리 각자가 서로를 위해 자신의 것을 해 나아가는 것이 곧 서로를 위한 구원이라 믿고 있습니다.

지난해 제가 쓴 책이 출간됐습니다. 특별한 경험이었습니다. 그 글은 나를 따라다니는 거울이 되었고 어느 때는 예상치 못한 일들을 만나는 문이 되기도 했습니다. 처음 보는 문을 용기를 내어 열고 들어가면 사람들을 만났습니다. 각기 다른 직업을 가지고 있고, 다른 환경에서 자랐고, 다른 언어를 쓰는 사람도 있었습니다. 그들은 제가 쓴 글을 저에 대해 궁금해했습니다. 제가 쓴 글과 제가 닮았다는 사람도 있었고 전혀 예상치 못한 모습에 깜짝 놀랐다는 사람들도 있었죠. 저는 그 말들이 무슨 의미인지 알아내려고 하지 않았습니다. 그저 모든 것을 받아들였습니다.

저는 종종 저의 글쓰기를 궁금해하는 사람들에게 말합니다. "인간에게서 버려진 동물들에 관한 이야기를 글로 쓸 거야. 이 글은 결국엔 사람을 위한 글이 될 거야."라고 말이죠. 나아가 조금 더 제 이야기에 귀를 기울이는 누군가에게는 덧붙여 말하기도 합니다. "한평생 하늘을 보지 못한 동물들에 관한 이야기를 쓸 거야. 자신이 생명으로 존재한다는 사실을 단 한 순간도 인지하지 못하고 오직 인간에 의해 죽기 위해 태어난 채로 살아가는 동물들의 삶을 찾아다닐 거야." 저의 대답을 들은 사람들의 반응은 두 가지였습니다. 멋있고 대단하다거나, 동물들에게 무슨 문제가 있느냐는 식의 답변이었죠. 사실 저는 두 가지 반응 모두 석연치 않습니다. 상대방의 가치 판단이 나의 글쓰기 앞에 세워진 것이 부담스럽고 불편하기 때문입니다. 물론 누군가는 나를 응원하거나 누군가는 나를 이해하지 못하겠다는 반응이기 때문에 이 두 가지 다른 답변을 듣고 난 후에 나의 표정과 생각이 같을 수는 없을 것입니다. 그러나 제가 이 두 가지 답변을 같은 정서로 받아들이는 이유는 내가 진정으로 원하는 상대방의 마음이 아니기 때문입니다. 이를테면 내가, '동물을 위한 글쓰기는 곧 사람을 위한 글쓰기가 된다'고 말하는 순간, 그것은 나와는 상관없는 일이라는 식으로 다가오는 답변이 아닌, 그 생각을 함께하겠다는 지지와 응원을 원했던 것 같습니다.

사실 저는 동물에 대한 이야기를 공개적으로 시작하면서 더욱 외로워졌습니다. 인간이 아닌 동물들의 눈빛을 바라보며 그들의 생각과 마음을 이해하기로 한 다음날부터 저의 여정은 오롯이 혼자만의 여정인 것만 같았습니다. 제 주변에 동물을 사랑하는 사람들이 없어서가 아닙니다. 동물을 사랑하거나, 사람을 혐오하거나, 사람이 만든 문명의 시스템을 버리고 싶지 않거나, 동물을 물건으로 생각하거나,

사람과 동물의 존재를 다르게 여기거나 또는 동일하게 여기는 다양한 사람들의 가치관이 혼재되어 있기 때문이었습니다. 나아가 이 논쟁이 지금 당장 필요한 일이라고 생각하는 사람의 숫자는 매우 적으며 사람들의 외면의 시간이 길어질수록 오늘도 동물들은 말없이 아프거나 죽임을 당할 뿐임을 너무 잘 알고 있습니다. 이런 현실에 속수무책으로 아무것도 할 수 없는 저는 그저 저의 글쓰기를 조금 더 탄탄히 해야겠다는 생각에 사로잡혔습니다. 그러다가 어느 날은 또다시 절망합니다. 과연 이 일들이 무슨 소용 있을까 하고.

저는 스스로 저를 어떤 한 분야의 고고한 철학자라 여기고 있는 것은 아닙니다. 다만 저는 나라는 존재를 인간과 동물이 살아가는 이 지구에 함께 공존하는 생명으로, 존재하는 대상으로 명확히 인식하고 있을 뿐입니다. 그 명확함 때문에 인간으로 살아가는 사회적 역할을 감당해야 할 때 괴로운 순간이 찾아오는 것은 분명한 일인 것을 알고 있습니다. 이 명확함이 어쩌면 이 고루한 외침을 계속하는 이유가 될 수도 있을 것 같습니다. 어떤 생명이든 함께 썩어갈 존재로 태어난 내가 누군가에게, 어느 이름 모를 생명에게 내가 필요한 존재가 되고 싶었기 때문입니다. 필요를 찾아 필요 없는 일들을 반복하고 있는 것 같은 나의 일상은 소리 없는 전쟁과도 같습니다. 이럴 때 오래도록 변하지 않고 오늘날의 독자에게도 영감이 되는 문학은 어김없이 저를 위로합니다. 변함없이 주어진 환경 안에서 오늘을 살아가는 동물들과 소외된 사람들은 나의 괴로움의 필요를 생각하게 합니다. 각자에게 주어진 전쟁이 분명히 있지만 이를 조금 더 다정하고 친절하게 설명하려는 누군가의 노력은 나를 겸손하게 합니다. 오늘도 슬

생명으로 우리는 귀엽다

픈 날들의 하늘인 것만 같은 세상은 때로는 고요하게, 때로는 폭풍우처럼 몰아치며 저에게 조금 더 나아가라 말합니다. 나의 필요와 충분함들을 저 먼 나라 어디에 있는 작은 생명이 기다리고 있다는 것을 생각하게 합니다.

저는 모든 사람들이 철학자가 되기를 바랍니다. 조금 더 원해도 괜찮다면 동물들의 눈빛을 생명의 눈빛으로 바라보는 시선이 더 많아지기를 바랍니다. 동물을 위한 글이 결국은 인간을 위한 글이 될 수 있는 이유는 인간이 영위해야 할 세상에 대해 무엇인가를 쓰는 것이 결국은 인간의 가장 원초적인 본능, 살아가야 할 모든 여정을 생각하게 하는 글쓰기일 테니까요. 한 생에 대하여 그림을 그리거나 글을 쓰거나 순간을 포착하거나 무엇인가로 남긴다는 것은 생을 둘러싼 다른 생의 존재 때문에 가능합니다.

우리는 자주 이 생각을 잊곤 합니다. 스스로가 세상의 주인이 되려 하거나 나의 삶을 다른 이들이 방해하는 것에 대해서만 오로지 집중하고 관심을 가지기 때문입니다. 그러나 우리는 모든 생명들이 각자의 생에 주인공임을 잊지 않아야 합니다. 우리는 서로의 생을 얼마나 침범하며 살아가고 있나요. 저는 감히 단호히 이야기합니다. 그 누구도 그저 존재로 인정할 수밖에 없는 생의 다양한 단편들을 획일화할 수는 없습니다. 이것이 문제의식이라면 저는 이 문제의식을 가진 사람들의 친절한 목소리로부터 세상이 변할 수 있다고 생각합니다. 우리는 모두 훌륭한 예외가 될 수 있습니다. 저는 고루한 철학자가 아니지만, 이 공상과 당장에 쓸모없는 일들을 반복하는 이유는 빠르게 변하고 있는 세상이 보지 못하는 진짜 세상을 자꾸 마주하기 때문입니다. 어떤 날은 나 자신의 모습에 괴롭기도 하고, 어떤 날은 지금 당장에 예외인 세상이 언젠가 소소한 날들이길 바라며 저에게 주어진 일들을 반복합니다. 그리고 제 옆에 존재로 충만한 동물은 여전히 말이 없습니다.

이 책이 나올 수 있도록 힘써주신 분들이 있습니다. 먼저 행복우물의 최연 대표님과 조혜수 편집자님 언제나 고맙습니다.

따뜻한 시선으로 글을 읽어주시고 추천사로 아름다운 문장들을 남겨주신 이소연 시인님, 최태규 대표님, 김유진 대표님, 강경민 대표님께 감사합니다.

생명으로 우리는 귀엽다

1. 동물에게 다정한 법 _동물을 변호합니다
   동변(동물의 권리를 옹호하는 변호사들) 저 / 날

2. 느끼고 아는 존재 _인간의 마음은 어떻게 진화했을까
   안토니오 다마지오 저, 고현석 역, 박문호 감수 / 흐름출판

3. 있을 법한 모든 것
   구병모 저 / 문학동네

4. 헤어질 결심 각본
   박찬욱, 정서경 저 / 을유문화사

5. 어떻게 동물을 헤아릴 것인가 _사람과 동물의 윤리적 공존을 위하여
   셸리 케이건 저, 김후 역 / 안타레스

6. 모든 개는 다르다 _시간 속에 숨은 51가지 개 이야기
   김소희 저 / 페티앙북스

7. 거의 모든 것의 역사
   빌 브라이슨 저, 이덕환 역 / 까치

 **부록**

제6회 서울동물영화제 리뷰

갈 곳을 잃어버린 존재들에 대하여

니카를 찾아서

스타니슬라브 카프랄로브 | 스페인, 우크라이나, 미국 | 2023 | 77분

지난한 긴 싸움이 지속되던 어느 날, 누군가는 이 삶의 굴레를 벗어나기 위해 조금 더 깊이 마주하고 있는 삶으로 들어갑니다. 모험이라고도 부를 수 있는 이 과정이 어떤 이들에게는 삶의 지평을 열기 위한 과정이라 할 수 있겠지만, 지구 반대편에 있는 또 다른 누군가에게는 이 지독한 삶이란 여정을 어떻게 이해하면 좋을까 하는 방황의 시작이 될 수도 있을 것입니다. 우리의 삶은 어느 지점에 놓여 있을까요?

전쟁은 이 모든 고민을 무색하게 합니다. 전쟁은 존재로 살아가는 이들이 펼쳐놓은 삶에 대한 다양한 규정과 방법을 송두리째 바꿔놓기 때문입니다. 누군가가 지금보다 더 나은 삶을 살아가기를 원한다고 할 때, 그 나은 삶이란 무엇일까요? 그 삶에서는 생명이 생명으로 살아가고 있을까요? 우리는 오늘날 펼쳐진 안전하고 온전한 삶에 대해 다시금 당연히 여겨서는 안 될 것

입니다.

　제6회 서울동물영화제의 개막식으로 선정된 영화 <니카를 찾아서>는 지금도 어딘가에서 일어나고 있는 전쟁의 모습을 담았습니다. 전쟁 속에서 인간은 인간으로 살아갈 수 없는 환경에 놓였고, 그보다 더 연약한 동물들의 세상은 더 처참히 파괴됐습니다. 사랑하는 사람들이 전쟁으로 희생되고 무고한 목숨이 끊어지는 현실 앞에 인간은 자연스럽게 생명의 카테고리를 더욱 좁힙니다. 어쩔 수 없는 현실이라 치부할 수도 있는 문제 앞에 누군가는 속절없이 두 손을 들고, 또 다른 누군가는 그럼에도 불구하고 자신이 옳은 길이라 여기는 그 길을 갑니다. 그리고 그들은 보다 더 작은 생명을 위해 보다 더 좁은 길을 갑니다. 전쟁의 폭격 속에서도 전진을 택합니다.

　전쟁이 우리 앞에 놓여 있다면 우리는 과연 어떤 길을 택할까요? 저는 용기가 나지 않습니다. 그러나 용기를 키워내고만 싶습니다. <니카를 찾아서>는 제목 그대로 전쟁 중 잃어버린 반려견 니카를 찾기 위해 떠난 여정을 담았습니다. 니카를 찾아 떠난 모든 여정은 인간의 탐욕이 만든 이 끔찍한 참상을 알아차리는 길이었고, 반면에 어디에도 없을 것 같은 그 희망을 발견하고 찾아가는 여정입니다.

　인간의 역사에 언제까지 전쟁이 있어야 할까요? 풀리지 않는 인간사의 의문들은 니카가 보이지 않는 암울한 현실과 다르지 않습니다. 동물들이 갈 곳을 잃어버린 전쟁의 현장은 곧 인간이 갈 곳을 잃어버린 것과 같습니다. 그런 현실은 전쟁이 없는 현실이라고 해도 동일한 문제죠. 그러므로 주인공은 존재로 살아가기 위한 방법으로 가야 할 바를 찾아 나섭니다. 그 여정이 바로

생명으로 우리는 귀엽다

니카를 찾는 여정이죠.

    삶을 방황이라 일컫는 이들이 혹시 여기에 있을까요? 존재로 살아가기 위한 방법에 대해 그 누구도 알려주지 않았나요? 그렇다면 이 영화를 보아야 합니다. 만약 당신이 이 이야기를 진실로 마주한다면 당신과 나, 그리고 우리는 방황하거나 전쟁을 하거나 가야 할 바를 잃는 존재들이 아니며, 오직 생명으로 살아있는 존재로 이 끔찍한 폭격과 잔인한 현실을 멈출 수 있는 능력이 있다는 사실을 확인하게 될 것입니다.

적응

데얀 페트로비치 | 세르비아 | 2021 | 19분

나의 반려견 고동이는 저를 만나기 전, 꽤 오랜 시간 유기견 보호소 생활을 했습니다. 보호소 시절 자신의 밥그릇, 자신의 잠자리가 존재하지 않았던 고동이는 처음 저희 집에 왔을 때 보호소와 다른 우리 집의 고요함을 조금 낯설어했어요. 고동이가 우리 집에 처음 온 날이 아직도 잊히지 않습니다. 제가 미리 준비해 둔 고동이 전용 방석과 밥그릇을 유심히 살펴보더니 '이게 뭐지? 하는 표정을 짓곤 했죠. 저는 몸짓과 손짓으로 몇 번이고 고동이에게 설명을 합니다. 여기가 바로 너의 집이라고요.

지금 우리 집은 고동이의 집입니다. 저와 함께하는 모든 시간이 고동이에게 너무도 당연하죠. 그러나 저는 가끔 생각합니다. 고동이의 당연한 것들에 대하여 혹시 내가 이기적으로 다가가지 않았을까 하는 점입니다. 고동이가 적응해야 하는 환경을 저와 또는 이전의 누군가가 단호하게 정하고 있었던 현실에 조금은 의문이 들기 때문입니다. 고동이의 삶과 죽음에 대한 권리가 과연 저에게 있는 것일까요? 생명으로 존재하는 고동이는 제가 어떤 생각인지 중요하지 않아 보입니다. 그저 자신에게 주어진 삶에 그렇게 살아갑니다. 저는 고동이의 시선에 대해 생각합니다.

영화 <적응>은 카메라의 시선이 동물에게 있습니다. 동물과 같은 위치에서 그들이 보는 시선을 관객이 간접적으로 체험할 수 있도록 하죠. 저는 이 시점 또한 인간과 인간이 아닌 존재들의 간극을 좁히기 위한 감독의 세심함이었다고 생각합니다. 좁혀지기를 더 간절히 원하는 대상에게 그 시점이 맞춰져 있다는 것은 우리가 차마 생각하지 못했던 영역을 바라보는 노력에 대해 다시 한번 생각해 볼 수 있도록 했죠. <적응>은 관객에게 이처럼 신선한 접근과 동시에 미세한 충격들을 안겨줍니다. 그리고 언제나 한계에 도달해 살고 있는 존재들에 대해 생각하게 하죠. 그 생각은 안타까움일 수도, 또는 새로운 움직임을 창조해 내는 일일 수도 있습니다.

중요한 것은 이 시선의 변화를 통해 인간인 우리가 본질적으로 알아차려야 하는 점이 무엇인지 생각해 볼 수 있다는 것이죠. 영화의 중반쯤에는 이곳이 개들을 위한 환경인지, 인간을 위한 환경인지 그 어떤 환경이어도 괜찮은 것인지 질문이 생깁니다. 특수한 목적이 있는 이곳에서 인간과 개들이 함께 적응해 가야 할 것은 과연 무엇인지. 우리는 어떻게 공존이 필요한지 생각하게 하죠. 그 생각의 끝에 결론은 결국에 생명으로 존재하는 모든 존재는 연계와 소통이 필요할 뿐, 결코 수단으로 사용되어서는 안 된다는 지점에 이르게 됩니다. 생명은 그 어떤 목적을 위한 수단이 되어서는 안 됩니다. 그저 존재와 생명으로 살아갈 환경이 필요할 뿐입니다.

영화가 보여주는 공간과 시선을 통해 인간과 동물이 처한 현실에서의 적응이란 과연 같은 상황이라 할 수 있는가 하는 의문점을 갖게 됩니다. 그리고 인간 스스로 인간이 아닌 존재들을 바라보는 시선에 대해 적극적으로 개혁해야 함을 알아차리게 하죠. 나아가 그것은 오직 인간만이 할 수 있는 일임을 또한 깨닫게 합니다. 이 공간은 도대체 어떤 곳일까요? 영화를 통해 확인하시기를 바랍니다.

과소비한 감각의 최후

○ **잠들지 않는 새들**

다나 멜라버, 톰 클라우돈 | 독일 | 2022 | 45분

저는 커피를 좋아합니다. 일상에서 커피가 주는 행복은 그 어떤 것과도 비교할 수 없죠. 행복을 위해 달려가는 순간에도 커피는 말해줍니다. 행복은 저 멀리 있지 않고 바로 여기에 있음을. 제가 커피에 대한 예찬을 했던 적은 너무도 많아 더 이상 이야기를 하지 않겠습니다. 그러나 커피가 나의 일상에 언제든 어느 때든 존재해야 한다는 사실만큼은 너무도 확실하기에 나는 커피를 애정하고 있다는 것을 오늘 다시 한번 확실히 해두고 싶습니다.

좋아하면 더욱 자세히 알고 싶은 법이죠. 무작정 맛있는 커피를 찾아 헤맬 때도 있고요. 알지 못하는 나라의 농장 이름까지 알아가며 커피를 마실 때도 있습니다. 어떤 이들은 커피가 너무 좋아서 몇백만 원의 돈을 지불하면서까지 좋은 커피머신을 사기도 하고요. 어떤 집에는 여느 카페 못지않은 멋진 홈카페가 있기도 합니다. 우리가 커피를 좋아하고 사랑하는 방법은 이렇게

저마다의 모습을 닮아 있습니다.

여러분도 좋아하는 그 무엇이 있을까요? 그 무엇은 단 하루도 빠지지 않고 곁에 있어야 하는 것들일까요? 그러나 우리의 그 마음이 우리가 사는 세상 안에 갇혀 있게 한다면 그땐 우리의 일상이 과연 안전한 것인지 돌아봐야 할 것입니다. 우리를 평범하게 하는 것들이 누군가의 평범함을 잃게 하는 것일 수도 있기 때문이죠.

다큐멘터리 <잠들지 않는 새들>은 프랑스 브르타뉴 지역에서 부상하는 온실 산업의 인공조명을 추적한 내용입니다. 신보다 조금 못한 존재로 환경을 다스리고자 했던 인간은 스스로 먹을 것을 창조해 내려합니다. 창조에 필요한 모든 환경을 인간이 스스로 만들어 낸 거죠. 인간은 계절에 상관없이, 날씨와 온도에 상관없이 언제, 어느 때나 인간의 필요를 만들어 냅니다. 그러나 인간의 필요는 지구의 질서를 무너뜨리고 빛과 어둠의 적절한 리듬으로 생을 온전하게 하는 지구의 생명들은 갈 곳을 잃어버립니다. 어디에 머물러야할지 모르는 상태에 이르게 되죠.

그 모든 방황은 결국 인간에게 돌아옵니다. 결국 이 모든 것은 인간을 위한 방법이 아니었던 것이죠. 그러나 이미 매 순간의 쾌락과 쉽게 얻을 수 있는 환경에 익숙해진 인간은 이 모든 것을 바로잡기, 즉 자연으로 다시금 돌아가야겠다는 생각을 하기 쉽지 않아 보입니다. 다음 세대에게 그 숙제를 넘기고 마는 지금 우리의 현실이 과연 우리를 위한 일인지, 우리는 지금 우리에게 질문해야 합니다.

생명으로 우리는 귀엽다

커피를 좋아하는 저는 언젠가 커피나무를 심어 보려 했습니다. 싹이 나고 줄기가 자라 푸른 잎까지 보게 됐죠. 우리 집 베란다에서 자란 커피나무는 끝내 열매를 맺지 못했습니다. 커피나무가 있어야 할 자리가 애초에 아니었던 거죠. 저도 이 커피나무의 열매를 통해 생두를 얻고, 로스팅을 해 원두로 만들 생각은 없었습니다. 그저 커피를 좋아했던 마음만이 충만했던 거죠. 그러나 커피가 있어야 할 곳을 잘 알고 있는 것이 커피를 사랑하는 일임을 깨달았습니다. 우리가 자연을 위해, 동물을 위해, 그리고 인간을 위해 무엇을 할 수 있을까 고민하지만 무슨 일을 해야 할지 도무지 헤매고만 있을 때가 있습니다. 그럴 때 저는 커피나무를 생각합니다.

그저 있어야 할 곳에 있는 것. 빛이 있으면 깨어나고 어둠이 있으면 잠이 드는 것. 자연이 처음부터 정해 놓은 이 원대하고 숭고한 법칙을 우리가 순응하며 사는 것. 그것이 바로 인간의 짧은 생이 가장 잘할 수 있는 일이 아닐까 싶습니다. 매 순간 곁에 두고 싶은 누군가가 있나요? 또는 그런 마음이 나의 욕심으로 자리 잡고 있나요? 이 영화를 보시기 바랍니다. 있어야 할 자리에서 날갯짓을 하는 온전한 모습은 그 누구도 빼앗을 수 없는 아름다움이라는 존재라는 사실을 알게 될 것입니다.

비로소 삶을 알아차리는
방법에 대하여

○ **장소에 존재하기 – 마거릿 테이트의 초상**
| 루크 파울러 | 영국 | 2022 | 61분

계절이 바뀔 때쯤이면 언제나 제가 반복하는 일이 있습니다. 바로 옷장 정리죠. 요즘 넓은 집에 사는 분들은 옷에 방을 내어주기도 하던데, 저는 그렇게 옷이 많은 편도 아니어서 침대 옆 붙박이장 하나면 겨울 외투들까지도 충분합니다. 옷을 정리할 때마다 저는 흠칫 어색할 때가 있습니다. 옷장에 있는 옷들을 바라보면 사람들이 바라보는 저를 상상하게 되기 때문이죠. 이 옷을 입은 나, 과연 진정한 나일까? 고민하게 되는 순간입니다. 물론 사회적인 동물로 살아가는 인간은 옷을 입습니다. 옷은 나를 보호하는 수단이자 나를 표현하는 수단이 되기도 하죠. 그러나 이 옷이 진정한 나를 감추고 있다면, 지금 내 옷장에 걸려있는 옷에 대해 저는 좀 회의적인 생각을 해야 한다는 입장입니다. 어디에서나 솔직한 모습으로 누군가를 대하고 진실함으로 관계를 맺고 싶기 때문이죠.

나의 있는 모습 그대로 상대방에게 다가갔을 때 과연 이 옷을 입었을 때와 같은 마음으로 임할 수 있을까? 저는 그럴 수 없다고 생각합니다. 저는 온통, 그리고 세상 또한 온통 사실적인 것과는 다른 것이 현실이기 때문이죠. 우리에게 예술이 필요한 이유는 이 사실적인 것과 그럴 수 없는 현실이 혼란스럽게 얽혀 있기 때문입니다. 이 어지러운 혼란을 예술이 조금씩 정리해 줄 수 있는 거죠. 이번 서울동물영화제에서 볼 수 있었던 <장소에 존재하기 - 마거릿 테이트의 초상>은 앞서 제가 말했던 예술의 방법, 그리고 정리의 방법들을 알려준 것만 같았습니다. 영화는 온통 결핍의 세계를 더욱더 치열하게 그려나가는데요, 그 모든 과정은 결국 우리가 존재하는 모습은 어떤가, 하는 질문을 안겨줍니다.

오래되고 낡고 병든, 그래서 이젠 더 이상 어떤 이들에게도, 어떤 곳에서도 쓸모가 없어진 것들에 대해 파고들수록 그 반대편에 서 있는 다양한 꾸밈음들과 번져가는 색과 농도로 켜켜이 쌓인 삶을 마주할 수 있게 됩니다. 그 어떤 한쪽이 완벽한 존재라고 말할 수 없는 지경에 이르게 되죠. 어쩌면 영화는 결국 아무것도 담아내지 못하는 존재들을 표현하고 싶었던 것이 아닐까 생각합니다. 스스로 설 수 있는 삶은 그 어디에도 없다고 말이죠.

하나의 객체로 하나의 생명으로, 또 하나의 세상을 살아가는 존재로 생명이 생명답습니다. 그러기 위해서는 생명은 서로에게 있는 그대로의 모습으로 필요합니다. 좋은 옷, 예쁜 옷을 아무리 걸쳐도 내가 누구인지 모른다면 그 어떤 화려한 옷도 나를 표현해 낼 수는 없을 것입니다. 그것은 어쩌면 거짓과 허무함만 남는 무용한 물건일 뿐이죠. 어쩌면 우리는 끊임없이 인간과 인간이 아닌 존재들의 모습을 돌아보며 존재로서의 확인을 지속하고 있는 것인지도 모르겠습니다. 서로를 기대어 서 있을 때 비로소 우리가 진짜 해야 할 일과 하지 않아야 할 일들을 알아차리고 생각하며 이를 실천할 수 있게 되는 거죠.

어찌 됐건, 누구의 삶을 바라보건 우리의 시선은 우리로부터 시작됩니다. 여러분은 지금 무엇을 보고 계신가요? 진실로 나를 바라보고 다른 생명을 바라보는 시선이란 무엇일까요? 영화의 반복된 프레임은 끊임없이 질문합니다. 저는 영화를 통해 한 가지 확신한 것이 있습니다. 모든 순간들의 생명은 서로 흘러가지 않고 다가오고 있다는 사실입니다.

publisher   instagram

생명으로 우리는 귀엽다

초판발행 2024년 10월 14일

지은이 임주혜

펴낸이 최대석 **펴낸곳** 행복우물 **출판등록** 307-2007-14호

등록일 2006년 10월 27일

주소 a1. 서울특별시 종로구 종로1길 50 더케이트윈타워 B동 위워크 2층

　　　a2. 경기도 가평군 경반안로 115

전화 031-581-0491 **팩스** 031-581-0492

전자우편 book@happypress.co.kr

정가 16,000원　**ISBN** 979-11-94192-09-1